Passeport

ADULTES

CULTURE GÉNÉRALE

Agnès Gabrielli

hachette

Mode d'emploi

19 doubles pages de révision :

Maths, français, histoire, géo, physique, sciences de la vie et de la Terre, anglais, culture générale.

Voici un programme complet pour réviser les matières niveau collège-lycée… Aïe, ce n'est pas toujours facile ! Mais il y a une bonne dose d'humour pour rire même quand on se casse les dents sur des exercices !

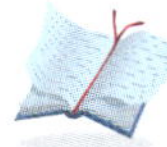
Littérature et français

Culture générale

Mathématiques
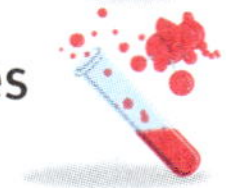
Physique-chimie

Anglais

Histoire

SVT

Géographie

Et puis, il y a les **bouées de sauvetage…** Le numéro inscrit dessus renvoie à une fiche pour rafraîchir les mémoires défaillantes…

4 doubles pages d'activités : **pouce, on s'arrête, on fait un break** dans les révisions pour tester sa culture générale (ciné, télé, musées, etc.).

Les corrigés

Le grand moment de vérité, ou comment vérifier l'état de ses connaissances grâce aux corrigés détaillés.

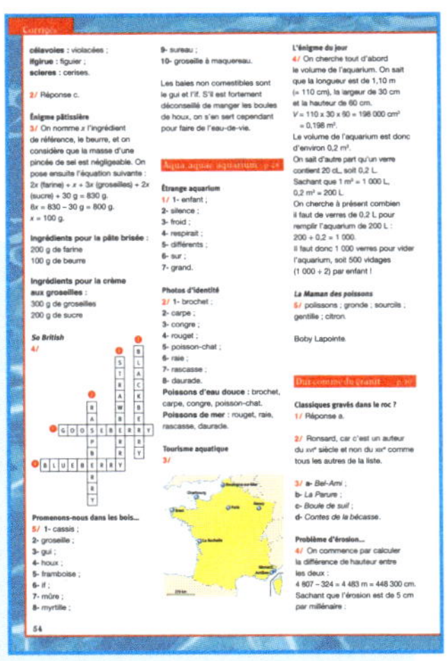

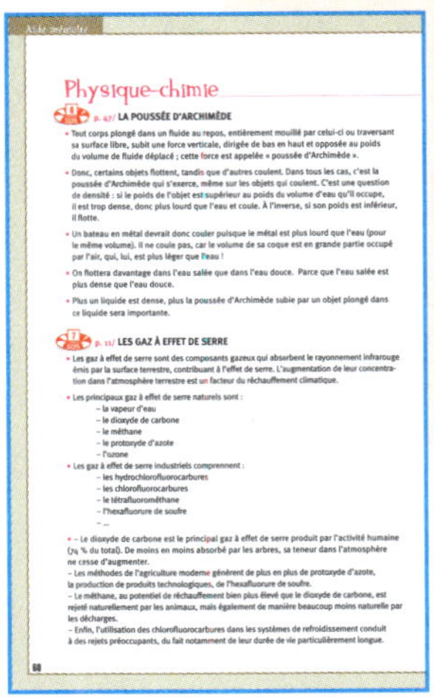

L'aide-mémoire

« J'ai la mémoire qui flanche, j'me souviens plus très bien… » Heureusement, il y a l'aide-mémoire ! Il contient un rappel de notions permettant de réaliser les exercices. Les notions sont regroupées par matière. Les numéros renvoient aux numéros inscrits sur les bouées de sauvetage.

www.parascolaire.hachette-education.com

ISBN : 978-2-01-714849-4

Sommaire

Couverture
Primo&Primo

Mise en pages :
Les PAOistes

Relecture :
ZS studio

Intégration :
CREAVIRGULE

Illustrations intérieures :
Dominique Fages

Crédits photos :
© Stockxpert :
pp. 4-5 ; pp. 6-7 ; pp. 8-9 ; p. 9 (1), (2), (3), (4), (5), (6) ; pp. 10-11 ; pp. 14-15 ; p. 15 (1), (2), (3), (6), (7), (10) ; pp. 16-17 ; pp. 18-19 ; pp. 20-21 ; pp. 24-25 ; pp. 26-27 ; p. 27 (6) ; pp. 28-29 ; pp. 30-31 ; pp. 34-35 ; pp. 36-37 ; p. 37 (A), (B), (C), (D), (F), (G), (H), (I), (J), (K) ; pp. 38-39 ; pp. 40-41 ; pp. 44-45 ; p. 45 (1), (2), (3), (4), (5), (6) ; pp. 46-47 ; pp. 48-49.

© Fotolia :
pp. 12-13 ; pp. 22-23 ; pp. 32-33 ; pp. 42-43 : fonds et folios. P. 15 (4), (5), (8), (9) ; p. 27 (1), (2), (3), (4), (5), (7), (8), (9), (10) ; p.28 (1), (2), (3), (4), (5), (6), (7), (8) ; p. 32 (1), (2), (3), (4), (5), (6) ; p. 37 (E).

© Gamma / Eyedea Presse :
p. 12 (1) : LEBON ; p. 12 (3) : BERNAUX Edouard ; p. 12 (5) : BENAINOUS-HOUNSFIELD ; p. 12 (6) : SAMPERS ERIK ; p. 43 (1) : 7797 ; p. 43 (2) : 7797 ; p. 43 (3) : 7797 ; p. 43 (4) : BENAINOUS-BENHAMOU ; p. 43 (5) : 7797 ; p. 43 (6) : 7797.

© Corbis :
p. 12 (2) : Ben Radford ; p. 12 (4) : Lor / For Picture ; p. 23 (2) : *Les Demoiselles d'Avignon*, Pablo Picasso. 1907, © Succession Picasso 2010 ; p. 23 (6) : *The Eye of Silence*, Max Ernst, 1943-1944, © ADAGP, Paris 2010.

© RMN :
p. 23 (1) : *Bleu II*, Joan Miró, 1961, Collection Centre Pompidou, Dist. RMN / Philippe Migeat, © Successió Miró - ADAGP, Paris 2010 ; p. 23 (3) : *Le Chant d'amour*, Giorgio De Chirico, Archives Alinari, Florence, Dist. RMN / Georges Tatge, © ADAGP, Paris 2010 ; p. 23 (4) : *Dormeuse, cheval, lion invisibles (Femme, cheval, paranoïaque)*, Salvador Dalí, 1930, Collection Centre Pompidou, Dist. RMN / Philippe Migeat, © Salvador Dalí, Fundació Gala-Salvador Dalí / ADAGP, Paris 2010 ; p. 23 (5) : *Le Modèle rouge*, René Magritte, 1935, Collection Centre Pompidou, Dist. RMN / Adam Rzepka, © ADAGP, Paris 2010.

À vos

Sur une plage il y avait
une belle fille
Qui avait peur d'aller prendre
son bain
Elle craignait de quitter
sa cabine
Elle tremblait de montrer
au voisin
Un deux trois elle tremblait
de montrer quoi ?

Son petit itsi bitsi tini ouini,
tout petit, petit, bikini
Qu'elle mettait pour la
première fois
Un itsi bitsi tini ouini,
tout petit, petit, bikini
Un bikini rouge et jaune
à p'tits pois
Un deux trois voilà ce qu'il
arriva

Elle ne songeait qu'à quitter
sa cabine
Elle s'enroula dans
son peignoir de bain
Car elle craignait de choquer
ses voisines
Et même aussi de gêner
ses voisins
Un deux trois elle craignait
de montrer quoi ? [...]

Traduction française d'André Salvet et Lucien Morisse,
paroles originales de Lee Pockriss & Paul Vance, 1960.

Révisez vos classiques

1 Qui a interprété cette célèbre chanson ? Entourez la (ou les) bonne(s) réponse(s).

a/ Dalida
b/ France Gall
c/ Richard Anthony
d/ Brigitte Bardot

2 Maintenant que vous fredonnez en boucle ce refrain, cachez-en le texte (sans tricher !) et entourez la bonne réponse.

1/ Que dit le refrain ?
- a/ itsi bitsi ni ouistiti
- b/ bitsi itsi tini ouini
- c/ itsi bitsi tini ouini
- d/ tini itsi bitsi ouioui

2/ Le bikini est précisément :
- a/ jaune et vert à la fois
- b/ rouge et jaune à petits pois
- c/ rouge et jaune à la fois
- d/ jaune et vert à petits pois

Le saviez-vous ?

Le bikini, révolutionnaire ? Pas tant que ça... À en croire les mosaïques de la villa del Casale, en Sicile, qui représentent de jeunes gymnastes s'exerçant en maillot de bain deux pièces, le bikini aurait été connu dès le IVe siècle avant J.-C. !

maillots !

QCM bikini

3 Testez un peu votre culture générale version maillot de bain en entourant la (ou les) bonne(s) réponse(s).

1/ Le bikini a d'abord été vendu dans :
- a/ une boîte d'allumettes
- b/ une pochette surprise
- c/ un poudrier

2/ Son slogan : « Le bikini, la première bombe... :
- a/ aveuglante et sans danger ! »
- b/ anatomique ! »
- c/ qui rend belle ! »

3/ Le bikini a été créé en :
- a/ 1946
- b/ 1956
- c/ 1966

4/ Il a été présenté pour la première fois à :
- a/ New York
- b/ Londres
- c/ Paris

5/ Le mot « bikini » vient du nom :
- a/ d'un atoll de l'océan Pacifique
- b/ de la femelle d'une espèce protégée de singe
- c/ d'un mannequin qui a inspiré le couturier

6/ À sa sortie, il fut interdit en :
- a/ Italie
- b/ France
- c/ Angleterre

Bain de minuit

4 Pétula voudrait aller prendre un bain de minuit dans la piscine de son hôtel. Mais elle a à peine le temps d'enfiler son bas de bikini rouge que survient une panne d'électricité ! À tâtons dans le noir, elle fouille dans sa valise où se trouvent ses hauts : huit rouges et quatre verts. Combien de chances a-t-elle d'en attraper un rouge ? Et combien devra-t-elle prendre de hauts, au minimum, pour être certaine d'en trouver un assorti à son bas ?

Pour l'Histoire...

5 À la manière du bikini, d'autres événements ont marqué la vie des femmes. Reliez chacun d'eux à la date et à l'auteur ou la loi qui convient.

1/ 1940	a/ Invention de la minijupe	A/ Loi Neuwirth
2/ 1945	b/ Commercialisation du bas Nylon	B/ Loi Veil
3/ 1962	c/ Premier vote des femmes en France	C/ Wallace Hume Carothers
4/ 1967	d/ Légalisation de la pilule	D/ Ordonnance du Gouvernement provisoire
5/ 1975	e/ Légalisation de l'IVG	E/ Mary Quant

Beignets,

Quand j'étais gamin, les glaciers poussant leur chario blan aux couvercles argentés proposaient deux types de glace : le cornet à deu sous ou le biscui à quatre sous. [...] Moi, j'étais fasciné par certains garçons de mon âge à qui on achetait non un biscui à quatre sous mai deu cornets à deu sous. Ces privilégiés marchaient fiers comme Artaban, une glace dan chaque main, et en tournant habilemen la tête, ils léchaient l'une pui l'autre. Une telle liturgie me paraissait si somptueuse, si enviable que, souven, je réclamais le droi de la célébrer. En vain. Mes parents se montraient inflexibles : une glace à quatre sous, d'accor, deu à deu sous, pa question.

D'après *Comment voyager avec un saumon*,
dans la traduction de Myriem Bouzaher,

Sur le bout de la langue

1 Que de consonnes finales muettes dans la langue française ! Ce texte en a laissé fondre un bon nombre. À vous de les replacer !

2 Petit test de culture générale : connaissez-vous l'auteur de ce texte ? Entourez la bonne réponse.

1/ L'auteur de ce texte est :
- a/ Umberto Eco
- b/ Umberto Tozzi
- c/ Umberto Bossi
- d/ Ugo Tognazzi

2/ Il est également l'auteur de :
- a/ *Mort à Venise*
- b/ *Da Vinci Code*
- c/ *Le Nom de la rose*
- d/ *Millenium*

3/ Il est de nationalité :
- a/ espagnole
- b/ italienne
- c/ française
- d/ américaine

4/ Il est également un grand :
- a/ penseur
- b/ mathématicien
- c/ fou
- d/ peintre

Le saviez-vous ?

Margaret Thatcher, l'ex-chef du gouvernement britannique, travailla en tant que chimiste pour un fabricant de crèmes glacées. C'est elle qui aurait inventé une technique permettant de rendre plus aérienne la texture des glaces. En augmentant la quantité d'air mélangée aux crèmes glacées, on réduit les matières premières et donc le coût ! Encore un peu de vent sur votre cornet ?

chocos, glaces !

La route de la glace

3 Malgré les apparences, les glaces ont été inventées il y a bien longtemps. Placez les numéros de 1 à 6 sur les pays en jaune de la carte.

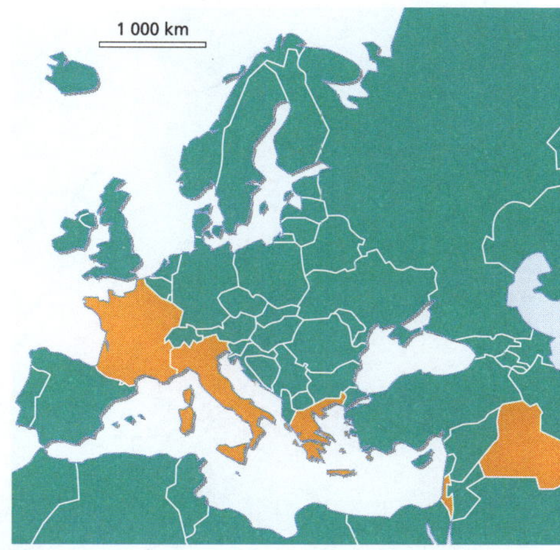

1/ Les Hébreux appelaient la glace « neige durcie ».
2/ Alexandre le Grand appréciait les macédoines de fruits mélangées au miel et rafraîchies par la glace des montagnes.
3/ Néron se régalait de desserts à base de miel et de fruits, glacés dans la neige des Apennins.
4/ Les califes de Bagdad buvaient le *sharbet* (« glaçon fruité » en arabe), ancêtre du sorbet.
5/ Au XIIe siècle, Marco Polo ramena les glaces de Chine et les introduisit dans son pays.
6/ Catherine de Médicis les introduisit à la cour de son époux.

Recette sans queue ni tête

4 Votre cahier de recettes a été mis en pièces par un horrible rat ! Remettez dans l'ordre les morceaux qu'il vous reste pour retrouver la recette de votre fameuse glace au chocolat.

refroidir le jus. Battre énergiquement (électrique-
-ment en continuant de re-
100 g de cacao et touiller, touiller. Verser
-re. Incorporer au jus. Turbiner.
Faire bouil-
150 g de sucre.
Ajouter
Miam miam !
-ment, c'est mieux) 300 mL de crème fraîche et
50 g de suc-
-lir 1/2 L de lait. Battre 6 jaunes d'œufs et
le lait douce-
-muer pour obtenir une préparation bien liquide.
Refaire chauffer
l'ensemble à feu doux pour qu'il épaississe.
Laissez

Énigmes glacées

5 Petit test pour les gourmand(e)s ! Reconnaîtrez-vous dans ces énigmes vos desserts préférés ? Placez-les ensuite dans la grille.

1/ En 1892, le grand cuisinier Auguste Escoffier invente ce dessert à base de pêche pour une cantatrice.
2/ En 1864, ce dessert à la poire est inventé en hommage à la dernière opérette à succès d'Offenbach.
3/ Si ses origines sont floues, cette drôle d'omelette est à elle seule une expérience de physique !
4/ Ce dessert à la banane fut chanté par Lio.
5/ Malgré son nom, ce dessert à base de café fut inventé à Vienne.

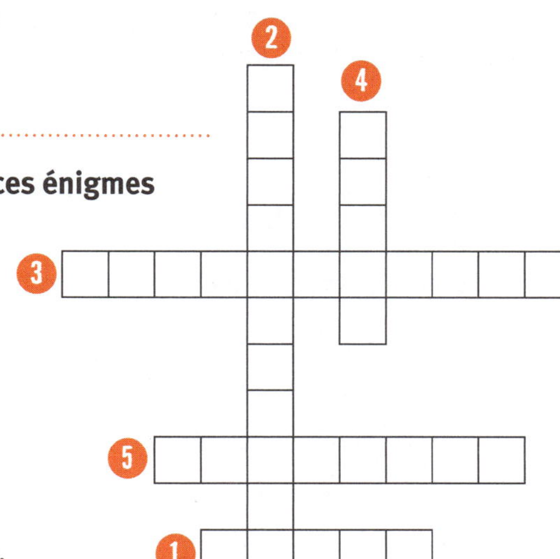

Saleté

Les moustiques
Piquent, piquent
Les gens qui
Pique-niquent.

Ils attaquent
En oblique
Les hamacs
Élastiques

Et bivouaquent,
Sans panique,
Dans les sacs
En plastique.

Les moustiques
Font la nique
Aux gens qui
Pique-niquent.

Et qu'ils piquent
Et repiquent
En musique.
C'est comique !

Comptine pour que les consonnes sonnent,
Pierre Coran, © Casterman, 1989.

Piquants classiques...

1 Tiens, tiens, il y a un hic, dans ce poème ! Trouvez les deux rimes solitaires.

2 Dans cette liste de mots, corrigez ceux dont l'orthographe est fausse.

a/ une pique
b/ un as de pic
c/ un pique à glace
d/ un pic-nic
e/ un pique-assiette
f/ tomber à pique
g/ un picador
h/ un piquant
i/ un aspique

3 Remplacez ces phrases par les expressions piquantes qui conviennent.

a/ À prendre trop de risques, on finit par le payer ! ....
b/ Ton histoire vaut le détour ! ....
c/ Cette fille est complètement folle. ....
d/ Elle est totalement décoiffée. ....
e/ Je ne sais pas ce qui lui a pris... ....
f/ Elle a du chien. ....

de moustique !

Mousti-quiz

4 Remettez de l'ordre dans cette liste de fausses rumeurs qui courent sur ces pauvres insectes en entourant la bonne réponse.

a/ C'est monsieur qui pique.	VRAI	FAUX
b/ Monsieur vrombit, mais madame vole avec un bruit aigu.	VRAI	FAUX
c/ Pour se développer, les moustiques ont besoin d'eau.	VRAI	FAUX
d/ L'hiver, les moustiques dorment.	VRAI	FAUX
e/ Un moustique ne vit pas plus de 48 heures.	VRAI	FAUX
f/ Un moustique peut absorber plus du double de son poids en sang.	VRAI	FAUX
g/ Un moustique peut pomper du sang pendant près d'une heure.	VRAI	FAUX

Le saviez-vous ?

Pourquoi ce moustique s'acharne-t-il sur vous, tandis que votre voisin sirote tranquillement son pastis ? Parce qu'il vous a repéré à l'odeur de votre peau, plus précisément à la composition de votre sueur, mais également de votre urine ! Les femmes seraient aussi des proies idéales en milieu de cycle, en raison de leur forte teneur en œstrogènes. Une chose est sûre : plus on transpire, plus on attire ces petits vampires !

Mousti-marathon

5 Pour retrouver plus vite Pétula, votre dulcinée, qui habite à 10 km de chez vous, vous chaussez vos rollers. Impatiente, celle-ci fait de même. Malheureusement, un moustique assoiffé vous a repérés. Avide de sang, il fait des allers et retours incessants du nez de l'un au menton de l'autre, sans pour autant parvenir à se poser. Sachant que votre aimée et vous faites du 5 km/h et ce diabolique insecte du 10 km/h, combien de kilomètres celui-ci aura-t-il parcourus lorsque Pétula et vous vous retrouverez nez à nez ?

Petites bêtes...

6 Parmi les petites bêtes qui nous agacent l'été, il n'y a malheureusement pas que les moustiques ! Saurez-vous reconnaître ces ombres chinoises ?

1  ______

2  ______

3  ______

4  ______

5  ______

6 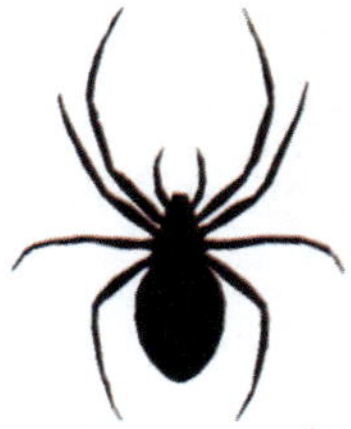 ______

¡ Qué

Le soleil est dur **à l'heure qu'il est**. Il **est lourd** sur la tête et sur les épaules de Lalla, il fait mal à l'intérieur de son corps. C'est comme si la lumière qui était entrée en elle le matin, se mettait à **consumer**, à déborder, et elle sent les longues ondes **qui font mal**, qui remontent le long de ses jambes, de ses bras, qui **s'installent** dans la cavité de sa tête. [...] Sa bouche est sèche et dure. Elle passe le bout de ses doigts sur ses lèvres, et elle pense que sa bouche est devenue **semblable** à celle des chameaux, et qu'elle pourra bientôt manger des cactus et des chardons sans rien sentir.

D'après *Désert*, J.-M. G. Le Clézio, © Gallimard, 1980.

Révisez vos classiques

1 Même s'il fait chaud, ce n'est pas une raison pour laisser griller vos neurones ! Montrez que vous suivez un peu les auteurs français contemporains en entourant la bonne réponse.

1/ Les initiales J.-M. G. signifient :
- a/ Jean-Michel Gustave
- b/ Jean-Marie Gustave
- c/ Jean-Marie Gaspard

2/ Le Clézio a obtenu en 2008 :
- a/ le prix Nobel de littérature
- b/ le prix Goncourt
- c/ le prix Nobel de la paix

Le saviez-vous ?

Canicule (du latin *canis*, chien) est, à l'origine, l'autre nom de Syrius, une étoile de la constellation du Grand Chien. Particulièrement brillante, elle se lève et se couche avec le Soleil entre le 24 juillet et le 26 août. Comme cette période coïncide avec l'époque des grandes chaleurs, les Anciens ont rapidement repris son nom pour qualifier ces périodes de sécheresse.

2 Vous aussi, vous auriez pu être écrivain ! La preuve : il vous suffit de quelques synonymes (en gras dans le texte) pour retrouver les mots de l'auteur et réécrire vous-même l'œuvre originale...

a/ à l'heure qu'il est : _ _ _ N _ _ _ _ _ _
b/ est lourd : _ _ S _
c/ consumer : _ R _ _ _ _
d/ qui font mal : _ _ _ L _ _ _ _ _ _ _ _
e/ s'installent : _ _   _ _ G _ _ _
f/ semblable : _ _ _ _ _ L _ _

calor !

Chaud, chaud, météo !

3 Fausses rumeurs ou vérités ? Entourez pour chacune de ces infos brûlantes la bonne réponse.

a/ On parle de canicule au-dessus de 30° C. VRAI FAUX
b/ J'ai soif ! Je souffre de déshydratation ! VRAI FAUX
c/ J'ai besoin, en conditions normales, de 1,5 L d'eau par jour. VRAI FAUX
d/ Plus je suis maigre, moins j'ai d'eau dans l'organisme. VRAI FAUX
e/ Sans eau, je ne peux pas vivre plus de deux ou trois jours. VRAI FAUX
f/ À partir de 65 ans, le corps ne transpire pas assez. VRAI FAUX
g/ La bière hydrate autant que l'eau. VRAI FAUX

QCM so hot!

4 Décryptez ce que vous baragouine cet Anglais dans l'Eurostar. Il a chaud, oui, mais pas seulement… Entourez la bonne réponse.

1/ *« I've had more trips to Paris than you've had hot dinners »* :
- a/ Il est un grand habitué des voyages à Paris.
- b/ Il vous prend pour un chaud lapin.
- c/ Il vous trouve affamé.

2/ *« I'm in hot water »* :
- a/ Il plane.
- b/ Il est dans le pétrin.
- c/ Il est en nage.

3/ *« I'm pretty hot at rugby »* :
- a/ Il se vante d'être très fort en rugby.
- b/ Il est violent au rugby.
- c/ Il s'est échauffé pour le rugby.

4/ *« That's a hot button »* :
- a/ Il vous montre la sonnette d'alarme.
- b/ Il vous dit qu'il a une cloque.
- c/ Il dit que c'est un sujet épineux.

Planète en surchauffe

5 On vous rebat les oreilles des gaz à effet de serre ? Peut-être, mais sauriez-vous attribuer à chacun la bonne formule chimique et retrouver lequel des éléments de la colonne de droite est responsable de son émission ?

1/ hexafluorure de soufre	a/ CH_4	A/ transformateurs électriques
2/ dioxyde de carbone	b/ N_2O	B/ systèmes de climatisation
3/ méthane	c/ SF_6	C/ décharges d'ordures ménagères
4/ protoxyde d'azote	d/ CFC	D/ utilisation de certains engrais
5/ chlorofluorocarbures	e/ CO_2	E/ déforestation

C'est l'heure de

Testez votre culture générale

Pieds en or

1 Retrouvez le nom de ces pointures du football, puis entourez l'intrus qui s'est glissé parmi tous ces lauréats du Ballon d'or !

1

2

3

4

5

6

Fils de bulles

2 Qui parle ? Ces citations devraient vous rappeler vos bandes dessinées préférées. Reliez-les à la bonne série et au(x) créateur(s) de celle-ci.

1 « Je veux être calife à la place du calife ! »	a Lucky Luke	A Zep
2 « Je me vengerai ! »	b Gaston Lagaffe	B Morris
3 « M'enfin ! »	c Titeuf	C Goscinny-Tabary
4 « Laissez-moi le descendre ! »	d Iznogoud	D Peyo
5 « Tcho' »	e Schtroumpfs	E Franquin

la pause !

Quiz capitales

3 Reliez ces pays à leur capitale. Pas si simple, hein ?

1 Arabie Saoudite	a Sofia
2 Biélorussie	b Riyad
3 Bulgarie	c Bamako
4 Haïti	d Vilnius
5 Indonésie	e Antananarivo
6 Lituanie	f Jakarta
7 Mali	g Minsk
8 Madagascar	h Port-au-Prince
9 Mongolie	i Victoria
10 Seychelles	j Oulan-Bator

Méli-mélo drapeaux

4 Sans vous emmêler les drapeaux, entourez le seul et unique drapeau olympique.

Ces 5 anneaux représentent :

- a les 5 principales disciplines sportives
- b les 5 continents
- c les 5 doigts de la main

Un poème d'Épinal avec des images en prose

5 Dans ce poème, Jacques Prévert s'est amusé à un bel exercice que vous aurez tôt fait de comprendre en vous penchant sur le dernier vers. Vous placerez ensuite les mots manquants dans la grille...

Cortège

Un vieillard en ... avec une montre en deuil 1
Une reine de peine avec un homme d'...... 2
Et des travailleurs de la ...... avec des gardiens de la mer 3
Un hussard de la ...... avec un dindon de la mort 4
Un serpent à ... avec un moulin à lunettes 5
Un chasseur de corde avec un danseur de 6
Un maréchal d'écume avec une pipe en retraite [...]

La mer sur

Le Homarcassin

Il en a vraiment marre
De porter ses stupides mocassins
Achetés hier à la Samar,
Le très grand magasin
Car ça lui fait mal aux panards
– ses orteils jouent les spadassins –,
Et ces accessoires barbares
Sont ceux d'un fantassin.
Il les lui faut ôter dare-dare
Et se mettre les pieds dans un bassin
Si possible empli de canards
ou de simples poussins.

Cette douleur le désempare
Quand il voudrait tant un coussin
Pour qu'enfin ses pieds se réparent
Du tumulte assassin
Au sein des mocassins.
Comme c'est étrange et bizarre
Ce désir d'un gros traversin.
Oh la douleur l'égare,
Le pauvre homarcassin.

Anthologie de l'Oulipo, Olivier Salon,
© Gallimard, 2009.

L'Oulipo ? Kézako ?

1 Petite révision oulipienne avant de déguster votre plateau de fruits de mer. Entourez la bonne réponse.

1/ L'Oulipo est la contraction de :
- a/ Ouverture Littéraire Populaire
- b/ Œuvre en Lipogrammes
- c/ Ouvroir de Littérature Potentielle
- d/ Ovation Littéraire Posthume

2/ L'Oulipo est avant tout :
- a/ un mouvement de création littéraire
- b/ un recueil de textes
- c/ le surnom d'un auteur surréaliste
- d/ une collection de poèmes

3/ Il a été créé en :
- a/ 1980
- b/ 1960
- c/ 1900
- d/ 1872

4/ Qui n'en fait pas partie ?
- a/ Georges Perec
- b/ Marcel Duchamp
- c/ Raymond Queneau
- d/ André Breton

Le saviez-vous ?

Les Grecs, dans l'Antiquité, étaient friands d'huîtres. Économes, ils recyclaient les coquilles en les utilisant comme bulletins de vote pour bannir les citoyens indésirables de la cité. D'où le terme d'« ostracisme » – d'*ostrae*, « huître » en grec – désignant l'exclusion, généralement politique, d'un individu.

un plateau

Drôles d'animaux...

2 Oulipiens, oulipiennes, à vous de jouer ! Nous vous avons concocté une série de mots-valises à la mode du homarcassin. À l'aide des définitions, devinez les noms de ces étranges créatures et placez-les dans la grille. Un indice : gardez le premier mot de la définition, puis cherchez un synonyme pour la suite...

1/ un crabe des profondeurs
2/ un oursin très poilu
3/ un bulot qui joue au ballon dans l'eau
4/ une huître polyglotte
5/ une crevette à Longchamp
6/ une moule oulipienne

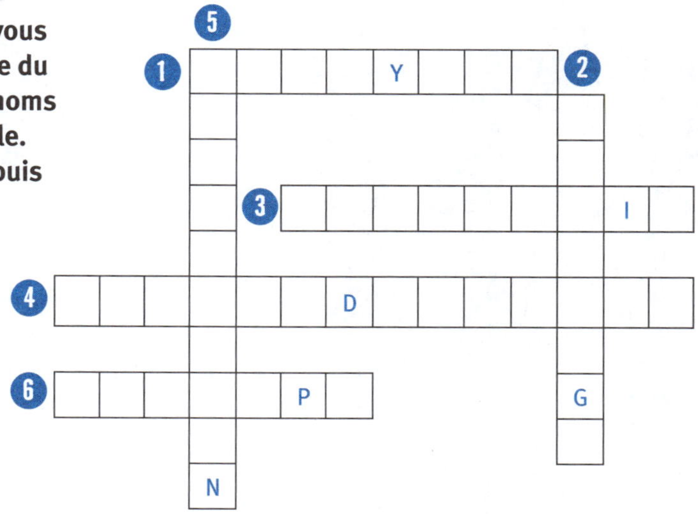

Panier de crabes

3 L'argot est plein de fruits de mer en tous genres... Complétez ce mystérieux texte à l'aide des indices indiqués entre parenthèses.

Alma, c'était une .... (idiote) ça, tout le monde le savait. Mais tout de même ! Tomber sur un .... (Anglais) ! Et finir .... (prostituée) à Londres ! Si sa mère savait... On allait la sortir de ce panier de .... (individus s'entre-déchirant) mais, la prochaine fois, elle avait intérêt à être un peu moins .... (stupide). On n'est pas la .... (maîtresse) de n'importe qui, non ?

Sur un plateau...

11 SOS

4 On vous apporte un plateau de fruits de mer. Sauriez-vous reconnaître ces drôles de bestioles et les relier à leurs familles respectives ?

1

2

3

4

5

6

7

8

9

10

ÉCHINODERMES

CRUSTACÉS

COQUILLAGES

ESCARGOTS DE MER

Le grand

Des possibilités ascensionnelles en parachute

[...] Signalons d'abord que systématiquement les boches ont utilisé les parachutistes à sens unique, c'est-à-dire de haut en bas. Il en résulte que l'effet de surprise devient nul puisque nous avons pris l'habitude de les voir descendre alors que nous n'en avons jamais vu monter un seul.
Là est l'éternelle erreur psychologique du Germain.
Il nous appartient d'apporter à la tactique du parachutisme le sens pratique que nous avons montré dans l'emploi de nos ascenseurs. [...] Pourquoi nos parachutes ne remonteraient-ils pas ? Question d'organisation et d'entraînement. La France est assez riche en sujets atteints d'..............., qui sauraient diriger leur parachute vers le ciel et qui n'hésiteraient pas à attaquer les avions ennemis à la bombe ou à la grenade.

Pierre Dac, *L'Os à moelle, organe officiel des loufoques*, 13 mai 1938-7 juin 1940 : anthologie, © Éditions Omnibus, 2007.

L'air des classiques

1 Pour comprendre la chute de ce texte, retrouvez le mot qui en a été supprimé.

a/ agoraphobie   b/ aérophagie   c/ énergie

2 Trouvez dans chacune de ces citations le mot manquant et parachutez-le dans la grille ci-contre.

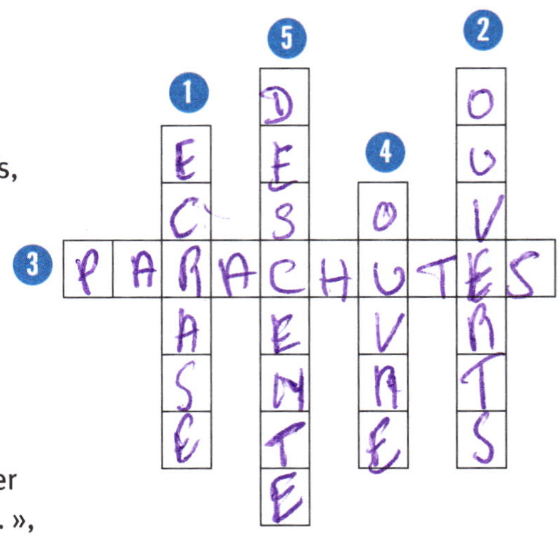

1/ « L'intelligence, c'est comme les parachutes, quand on n'en a pas, on s'.................... », Pierre Desproges.
2/ « Les esprits sont comme les parachutes, ils ne fonctionnent que quand ils sont .... », Louis Pauwels.
3/ « Je conseille aux idées élevées de se munir de .... », Francis Picabia.
4/ « Je vous offrirais bien un parachute, si j'étais sûr qu'il ne s'......... pas », Groucho Marx.
5/ « Ceux et celles pour qui l'amour consiste uniquement à s'envoyer en l'air ont intérêt à ouvrir leur parachute pour freiner la .... », Pierre Dac.

saut

Vertigineux !

3 **Pour vous envoyer en l'air, vous avez l'embarras du choix... Avant de vous décider, rendez à chaque discipline sa description et repérez celle que nous avons inventée, mais qui existera peut-être demain...**

1/ freestyle
2/ chute assis
3/ yo-yo
4/ sky-surf
5/ parachute ascensionnel
6/ wing suit

a/ Je décolle du sol, tracté par un véhicule ou un bateau.
b/ Je fais une « danse du ciel » en effectuant des figures inspirées de la gymnastique ou du trampoline.
c/ Je vole grâce à une combinaison qui me transforme en oiseau.
d/ Je saute en position assise et le reste durant toute la chute libre.
e/ En l'air avec ma planche, j'ai des sensations proches de la glisse.
f/ Je saute de l'avion, mais, grâce à mon harnais, je remonte très vite, tracté par l'avion. Je peux renouveler cette opération plusieurs fois.

Le saviez-vous ?

Si le parachute, tel que nous le connaissons, n'a été officialisé qu'au XVIIIe siècle, ce génie de Léonard de Vinci en avait déjà imaginé un, en 1485. Pyramidal, il mesurait environ 7 mètres de hauteur et de côté. Mais il a fallu attendre 2008 pour qu'un parachutiste suisse l'expérimente. Après l'avoir ouvert à 600 mètres du sol, le téméraire para a pu se poser sans encombre. Ouf !

Chute libre

4 Aujourd'hui, c'est le grand saut. L'hélicoptère monte à 3 500 m d'altitude. Le temps de réaliser ce qui vous arrive, on vous a déjà poussé dans le vide. Pendant 40 interminables secondes, c'est la chute libre. Enfin, votre parachute s'ouvre ! Vous volez maintenant, serein et rêveur, pendant 10 min, avant d'atterrir dans un étang. Sachant que votre parachute s'est ouvert à 3 100 m d'altitude, calculez à quelle vitesse vous avez regagné le plancher des vaches, en chute libre, puis en parachute, en m/s.

Acteurs parachutés

5 **Malgré leurs parachutes, certains acteurs ont atterri dans les mauvais films. Remettez-les au bon endroit.**

1/ *La Grande Vadrouille*
2/ *Le Jour le plus long*
3/ *L'Espion qui m'aimait*
4/ *Shoot'em up*
5/ *L'As des as*
6/ *Mission impossible 3*

a/ Clive Owen
b/ Jean-Paul Belmondo
c/ Sean Connery
d/ Louis de Funès
e/ Tom Cruise
f/ Roger Moore

Sous l'œil

Nous nous sommes donc retrouvés à visiter ensemble le Palais Pouchkine, qui se trouve à une vingtaine de kilomètres de Léningrad. Dans une des grandes salles, Robert Mallet s'aperçoit que je suis tout à coup un peu distrait. Il me voit m'éloigner et fixer une maman qui est là, avec un petit garçon. Et je lui dis : « Cher ami, vous allez voir, il va certainement se passer quelque chose, il faut attendre un peu, regardons bien. » [...] Effectivement, à un moment donné, l'enfant s'assoit, il ne veut pas aller plus loin, ça suffit, il veut rentrer à la maison. Et là, il serre la jambe de sa maman de toutes ses forces pour le lui répéter parce qu'elle, elle n'a d'yeux que pour le Palais Pouchkine. J'en ai profité pour faire ma photo.

Ce jour-là, © Éditions Mercure de France, 2006.

QCM classiques photo

1 Faites le portrait de l'artiste en entourant la bonne réponse.

1/ Grand photographe, l'auteur de ce texte s'appelle :
- a/ Willy Ronis
- b/ Robert Doisneau
- c/ Édouard Boubat

2/ Il est d'origine :
- a/ irlandaise
- b/ lituanienne
- c/ américaine

3/ Il a fait partie de l'agence photo :
- a/ Sipa
- b/ Magnum
- c/ Rapho

4/ L'un de ses livres a reçu le prix :
- a/ Nadar
- b/ Goncourt
- c/ Renaudot

Méli-mélo artistique

2 Un petit malin a malicieusement mélangé les auteurs et les musées correspondant à ces chefs-d'œuvre. Reliez-les correctement afin de remettre un peu d'ordre dans le monde de l'art...

1/ *Vénus de Milo*	a/ Pablo Picasso	A/ musée Rodin
2/ *Le Penseur*	b/ Andy Warhol	B/ musée du Louvre
3/ *Guernica*	c/ Anonyme	C/ musée d'Orsay
4/ *L'Origine du monde*	d/ Gustave Courbet	D/ musée Reina Sofía
5/ *Le Printemps*	e/ Sandro Botticelli	E/ Museum of Modern Art
6/ *Campbell's Soup Cans*	f/ Auguste Rodin	F/ Galerie des Offices

des statues

Musées présidentiels

3 Certains de nos musées nationaux sont marqués de leur sceau présidentiel. Rendez donc chacun d'eux à son président.

1/ musée du Louvre
2/ musée d'Orsay
3/ musée national d'Art moderne
4/ musée du quai Branly

a/ Jacques Chirac
b/ François Mitterrand
c/ Valéry Giscard d'Estaing
d/ Georges Pompidou

Cache-cache musée

4 Mais quels musées parisiens se cachent derrière ces énigmes ? Percez-les afin de placer ces musées dans la grille.

1/ Belphégor hante ses sous-sols.
2/ Ce palais abrite plusieurs musées et un théâtre.
3/ Toutes ses œuvres sont en cire.
4/ Cette galerie nationale porte le nom d'un jeu, ancêtre du tennis.
5/ C'est le surnom actuel du bâtiment qui fut baptisé « la raffinerie » par ses détracteurs.

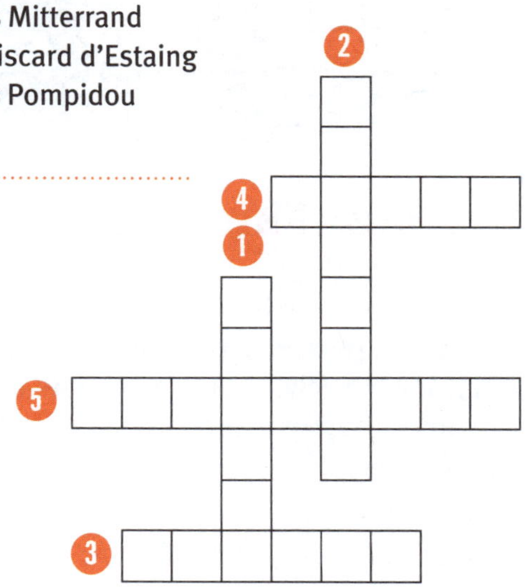

Le saviez-vous ?

Le 24 septembre 2009, un tableau de René Magritte a été dérobé en plein jour dans un musée de Bruxelles. Les deux voleurs repartent à pied et à visage découvert, avec *L'Olympia* sous le bras. Ce tableau représente la femme de l'artiste posant nue avec un coquillage sur le ventre. Il a été évalué entre 750 000 euros et 4 millions d'euros : un fait divers qui n'est pas sans rappeler Pierce Brosnan dans le film *L'Affaire Thomas Crown 2*...

Comme un po

Un seul geste, une seule impulsion, une seule folie a su un jour bousculer la linéarité des rites natatoires. Aux Jeux olympiques d'Helsinki, en 1952, un monsieur d'un certain âge a trompé la vigilance d'un service d'ordre sans doute peu consistant pour plonger dans la piscine tout habillé, et saluer ainsi comme il ne se doit pas la victoire de son fils, Jean Boiteux, vainqueur du 400 mètres nage libre en 4 min 30 s 7 '. [...] La photo est restée. Tous les papas du monde aimeraient y figurer avec leur rejeton, sauf moi qui ne supporte pas les bassins où je n'ai pas pied.

La Tranchée d'Arenberg et autres voluptés sportives,
© Éditions Panama, 2007.

Jeu des familles

1 Retrouvez dans la colonne de gauche l'auteur de ce texte, puis dans la colonne de droite son fils, jeune musicien à qui l'on doit de nombreuses chansons à succès. Reconstituez ensuite les autres duos familiaux.

1/ Andrée Chedid	a/ Arthur
2/ Philippe Delerm	b/ Mathieu
3/ Jacques Higelin	c/ Thomas
4/ Jacques Dutronc	d/ Vincent

Ciné méli-mélo

2 C'est un peu le bazar dans le septième art... Rendez à chaque acteur son nom de famille, puis reliez-le au film auquel il appartient.

SWIMMING POOL	*LA PISCINE*
Maurice Ozon	Charlotte Birkin
Jane Sagnier	Jacques Ronet
Romy Rampling	François Delon
Ludivine Schneider	Alain Deray

Le saviez-vous ?

La DGSE – Direction générale de la sécurité extérieure – est aussi baptisée « la Piscine » par le grand public. Le bâtiment qui abrite le service de renseignement extérieur de la France est en effet situé à Paris dans le 20e arrondissement, juste à côté de la piscine des Tourelles. D'où ce sobriquet. Pour une fois, on se passera bien d'une telle piscine dans son jardin...

sson dans l'eau...

Techniques de nage

3 Placez la bonne nage sous chaque dessin, sans boire la tasse ! Puis, entourez la (ou les) discipline(s) ne faisant pas partie des épreuves de natation aux Jeux olympiques.

1 

2 

3 

4 

5 

6 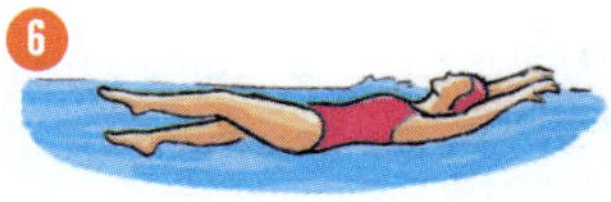

NAGE INDIENNE
PAPILLON
CRAWL
DOS À DEUX BRAS
BRASSE
DOS CRAWLÉ

Piscine et Cie

4 Trouvez ces mots qui n'ont qu'une seule et même racine étymologique et placez-les dans les filets de cette grille.

1/ Je mange des poissons.
2/ J'élève des poissons comestibles.
3/ Je suis en forme de poisson.
4/ J'ai rapport à la pêche.
5/ J'ai trait à la science d'élever des poissons.

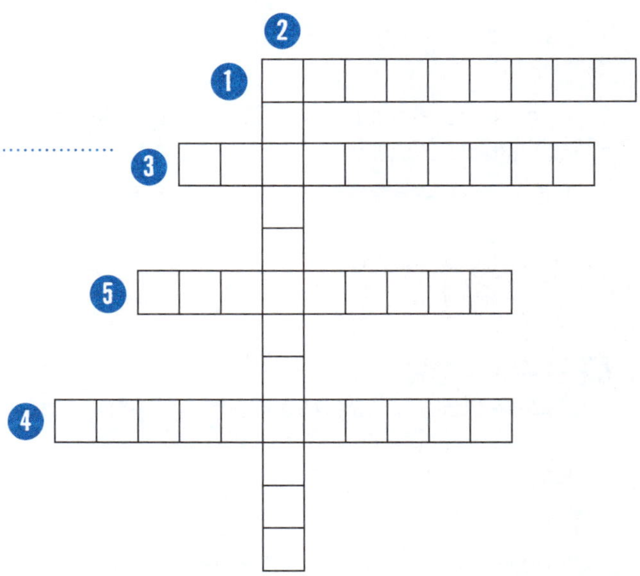

QCM piscine écolo

5 La piscine, une aberration écologique ? Oui, mais il y a des astuces. Connaissez-vous les vertus des piscines naturelles ? Entourez la (ou les) bonne(s) réponse(s).

1/ Le filtrage de l'eau peut être réalisé par :
- a/ des iris
- b/ des rosiers
- c/ des lys d'eau
- d/ des fraisiers

2/ Dans le bassin, les plantes absorbent :
- a/ le gaz carbonique
- b/ le chlore
- c/ les sels minéraux
- d/ les feuilles mortes

3/ Les plantes réalimentent l'eau du bassin en :
- a/ oxygène
- b/ azote
- c/ bicarbonate de soude
- d/ algues

4/ Une piscine naturelle offre une baignade en :
- a/ eau salée
- b/ eau trouble
- c/ eau douce
- d/ eau forte

C'est l'heure de

Testez votre culture générale

Drôles de proverbes...

1 Remettez de l'ordre dans ces proverbes populaires que nous avons diaboliquement mélangés !

1. Il ne faut pas jeter le chat qui dort.
2. Il ne faut pas mélanger le même panier.
3. Il ne faut pas remettre au lendemain ce qu'on peut faire avant de l'avoir tué.
4. Il ne faut pas réveiller le bébé avec l'eau du bain.
5. Il ne faut pas juger de l'arbre par l'écorce.
6. Il ne faut pas mettre tous ses œufs dans des canards sauvages.
7. Il ne faut pas prendre les enfants du Bon Dieu pour les torchons et les serviettes.
8. Il ne faut pas vendre la peau de l'ours le jour même.

L'exercice vaut bien un fromage...

2 Voici une liste de délicieux fromages. Rendez à chacun d'eux sa région d'origine, puis placez-les sur la carte à l'aide de leur numéro.

1 livarot	a Hauts-de-France
2 port-salut	b Nouvelle-Aquitaine
3 maroilles	c Bretagne
4 tome de Rhuys	d Normandie
5 brie de Meaux	e Auvergne-Rhône-Alpes
6 brocciu	f Île-de-France
7 reblochon	g Grand-Est
8 époisses	h Pays de la Loire
9 etorki	i Bourgogne-Franche-Comté
10 munster	j Corse

la pause !

La petite balle jaune

3 Entourez dans cette liste de tournois de tennis ceux qui font partie du Grand Chelem. Puis, reliez chaque tournoi à sa surface.

1 Roland-Garros
2 US Open
3 Indian Wells
4 Monte-Carlo
5 Paris-Bercy
6 Wimbledon
7 Open d'Australie

a terre battue
b gazon
c dur

L'intrus de la citation

4 Des mots ont été intervertis dans ces célèbres citations. Rendez-leur tout leur sens ainsi que leur auteur respectif.

1 « Les miroirs feraient bien de réfléchir avant de renvoyer les cons. »

2 « J'ai retourné ma veste quand je me suis aperçu qu'elle était doublée de philosophe. »

3 « On dit d'un accusé qu'il est cuit quand son vison n'est pas cru. »

4 « Quand un avocat vous répond, on ne comprend même plus ce qu'on lui avait demandé. »

5 « Je ne parle pas aux images, ça les instruit. »

a Serge Gainsbourg
b André Gide
c Michel Audiard
d Jean Cocteau
e Pierre Dac

Baz'art

5 Quel mélange ! En bon amateur d'art, rendez à chaque tableau son titre et son peintre. Sans vous emmêler les pinceaux !

a *The Eye of Silence*
b *Le Modèle rouge*
c *Les Demoiselles d'Avignon*
d *Le Chant d'amour*
e *Bleu II*
f *Dormeuse, cheval, lion invisibles*

A René Magritte
B Joan Miró
C Max Ernst
D Giorgio De Chirico
E Pablo Picasso
F Salvador Dalí

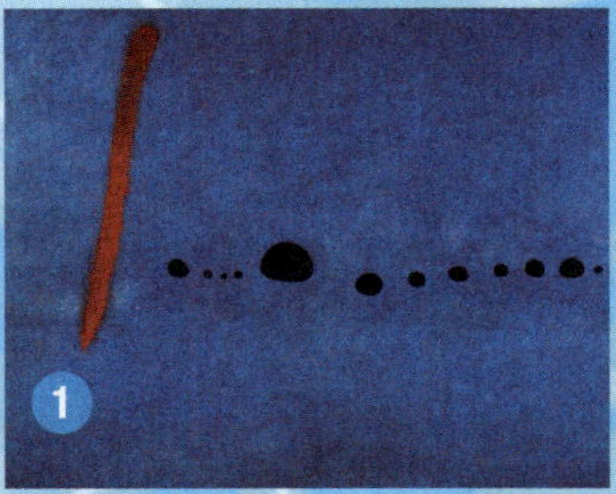

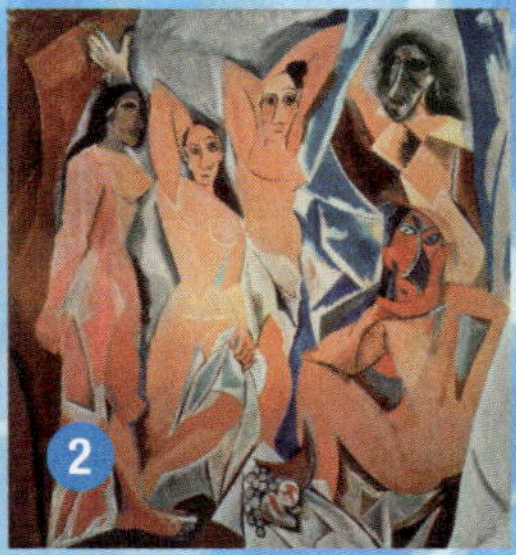

En avant,

Et puis, nous sommes sortis de la route et nous avons traversé un champ, et beaucoup ne voulaient pas y aller parce qu'il y avait trois vaches ; mais on nous a dit que nous étions des hommes, qu'il ne fallait pas avoir peur et on nous a forcés à y aller. Là, les seuls qui chantaient, c'étaient M. Rateau et les chefs d'équipe. Nous, on a repris en chœur quand nous sommes sortis du champ pour entrer dans les bois. [...]
On a dû s'arrêter parce que Paulin s'est roulé par terre en criant qu'il avait peur de se perdre et d'être mangé par les petites bêtes des bois.
— Écoute, p'tit gars, a dit notre chef d'équipe, tu es insupportable ! Regarde tes camarades, est-ce qu'ils ont peur eux ?

Les Vacances du petit Nicolas, © Éditions Denoël, 1962, 2003.

Classique à l'affiche

1 Ce classique de notre enfance n'a pas pris une ride, et vous ? Retrouvez la mémoire et entourez la bonne réponse.

1/ Qui, avec Sempé, est l'auteur du *Petit Nicolas* ?
- a/ Goscinny
- b/ Uderzo
- c/ Cabu
- d/ Peyo

2/ Qui dessine dans *Le Petit Nicolas* ?
- a/ Goscinny
- b/ Uderzo
- c/ Cabu
- d/ Sempé

3/ Qui n'est pas dans le casting de l'adaptation au cinéma ?
- a/ Kad Merad
- b/ Anémone
- c/ Michel Galabru
- d/ Antoine de Caunes

Le saviez-vous ?

Le premier à réaliser le tour du monde à pied est un certain Dave Kunst. Parti le 20 juin 1970, il l'a achevé le 5 octobre 1974, après avoir parcouru... 23 250 km ! Si certains débutent dans la randonnée, d'autres, en revanche, semblent avoir fait le tour de la question...

marche !

Géo-rando

2 Prêt pour attaquer la rando ? Il vous faut maintenant choisir votre parcours. Connaissez-vous ces bons vieux GR ? Placez leur nom sur la carte.

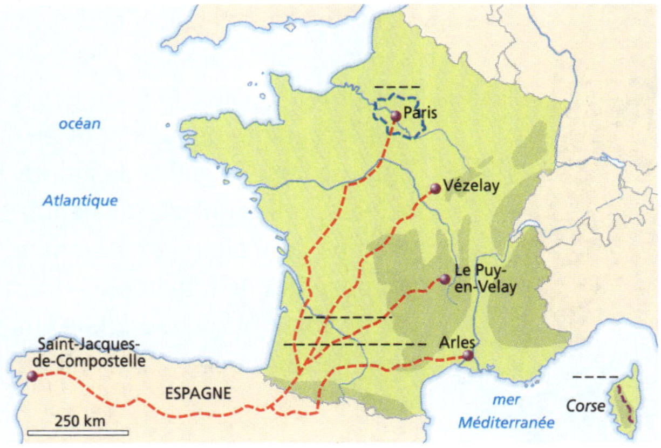

QCM rando-test

3 Vous avez décidé de partir seul en randonnée. Avant de démarrer, répondez à ce questionnaire en entourant la bonne réponse. Si vous faites plus d'une erreur, surtout, restez chez vous !

1/ Pour être certain de retrouver votre chemin, vous prenez :
- a/ un pendule
- b/ un baromètre
- c/ une boussole
- d/ des petits cailloux

2/ Que signifie GPS ?
- a/ gardien de position stratégique
- b/ *global positioning system*
- c/ *good partner security*
- d/ garant de positionnement stratégique

3/ Pour lutter contre l'hypothermie, vous vous couvrez en priorité :
- a/ les pieds
- b/ la tête
- c/ les mains
- d/ les jambes

Films en marche

4 Ces films ont tous, de près ou de loin, un lien avec la marche. Placez dans la grille le mot qui complète chaque titre.

1/ *La .... de Paris* : film de Claude Autant-Lara avec Jean Gabin.
2/ *La Marche de l'........................* : film documentaire avec des manchots.
3/ *Les ....* : film avec Benoît Poelvoorde et Vincent Elbaz.
4/ *Les 39 ....* : film d'Alfred Hitchcock.
5/ *Marche à l' ....* : film de Michel Blanc avec Gérard Lanvin.

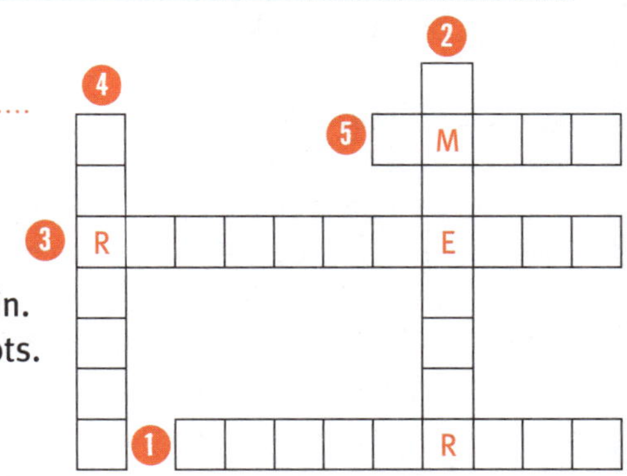

Lèvres bleues et

Les garçons s'en allèrent rôder ailleurs. Ils cueillirent des rûsem sur les haies vives et les mangèrent en frissonnant dans l'ombre des fossés : ces fruits sauvages distillaient un jus daeic sur la langue. Les drupes des prirenus, blanches, rouges, célavoies, tombaient en une écœurante profusion. Ils en emportèrent une provision dans de larges feuilles de ifgirue. Mais les fabuleuses scieres, celles qui chargeaient les branches dans les champs des colons, excitèrent leur envie. Quelques-uns proposèrent de franchir les clôtures. Omar s'y opposa. Lui ne volait pas, voudrait ne jamais voler. De plus, c'était chez des Européens : il tenait, disait-il, à les regarder droit dans les yeux.

L'Incendie, Mohammed Dib, © Éditions du Seuil, 1954, coll. Points, 1989.

Le goût des classiques

1 Certains mots de ce texte ont été un peu... secoués ! Remettez donc leurs lettres dans l'ordre pour redonner au texte toute sa saveur...

rûsem : ....
daeic : ....
prirenus : ....
célavoies : ....
ifgirue : ....
scieres : ....

2 Mais que sont donc ces étranges drupes ?

a/ des fruits pourris
b/ des branchages
c/ des fruits charnus à noyau

Énigme pâtissière

3 C'est décidé, vous faites une tarte aux groseilles ! Pour la pâte, vous prenez deux fois plus de farine que de beurre, et une pincée de sel. Pour la crème, vous utilisez trois fois plus de groseilles que vous n'avez utilisé de beurre, et vous versez autant de sucre que de farine utilisée pour la pâte, puis ajoutez trois œufs entiers, de 10 g chacun. Sachant que le poids – arrondi au milligramme près – de vos ingrédients est de 830 g, merci de nous communiquer le détail de votre recette en grammes.

doigts rouges

So British

4 **Traduisez, grâce aux indices entre parenthèses, le nom de chacun de ces fruits et placez-les dans la grille. Un petit coup de pouce : baie se dit *berry*...**

1/ groseille à maquereau (oie)
2/ framboise (râpe)
3/ mûre (noir)
4/ myrtille (bleu)
5/ fraise (paille)

Le saviez-vous ?

Les baies roses sont des variétés de poivre très prisées, dont le goût anisé accompagne à merveille certains plats. Si elles sont essentiellement décoratives, c'est qu'à haute dose elles peuvent se révéler... toxiques ! Pour que le dîner ne tourne pas au drame, ne dépassez pas une douzaine de graines par convive...

Promenons-nous dans les bois...

5 **C'est les vacances et vous vous initiez à la cueillette des baies. Méfiance, cependant, car si elles se ressemblent, elles ne sont pas toutes comestibles ! Retrouvez les noms de chacune de ces baies et barrez celle(s) qui risque(nt) de vous empoisonner...**

1  ______

2  ______

3  ______

4  ______

5  ______

6  ______

7  ______

8  ______

9  ______

10  ______

IF – SUREAU – GROSEILLE À MAQUEREAU – GUI – HOUX – GROSEILLE – FRAMBOISE – MYRTILLE – MÛRE – CASSIS

Aqua, aquae,

Quand j'étais **vieux**, à trente minutes à bicyclette de la maison, il y avait un aquarium. Il y régnait toujours ce **vacarme chaud** des aquariums, que troublait de temps à autre le flic-flac d'un remuement d'eau venu de nulle part. On aurait cru que, dans la demi-pénombre d'un angle du couloir, une sirène était là qui **s'étouffait** à la dérobée. [...] L'aquarium comptait une infinité de poissons. Ils avaient tous des noms **identiques**, des écailles différentes, des branchies différentes. Je ne comprenais absolument pas pourquoi les poissons devaient exister **sous** terre en un si **petit** nombre d'espèces.

D'après *La Course au mouton sauvage*, Haruki Murakami, © Éditions du Seuil, pour la traduction française, n.e., 1990, 2009.

Étrange aquarium

1 **Nous avons remplacé sept mots de cet extrait par leur contraire. Corrigez-les afin de rendre tout son sens à ce texte en vous aidant du nombre de lettres.**

1/ _ _ _ _ _ _
2/ _ _ _ _ _ _ _
3/ _ _ _ _ _
4/ _ _ _ _ _ _ _ _ _
5/ _ _ _ _ _ _ _ _ _ _
6/ _ _ _
7/ _ _ _ _ _

Photos d'identité

2 **Les poissons, vous les connaissez surtout au fond de votre assiette... Alors saurez-vous reconnaître ceux-ci ? Plus difficile : entourez en vert ceux qui frétillent en eau douce et en bleu ceux qui n'aiment que l'eau salée.**

CONGRE – ROUGET – RASCASSE – RAIE – DAURADE – CARPE – POISSON-CHAT – BROCHET

1 ______ 2 ______ 3 ______ 4 ______

5 ______ 6 ______ 7 ______ 8 ______

aquarium...

Tourisme aquatique

3 Mais où sont donc situés ces beaux aquariums ? À l'aide de leur emplacement sur la carte, complétez le nom de leur ville d'origine, dont nous vous donnons la première lettre.

1/ Nausicaa
2/ La Cité de la mer
3/ Muséum-Aquarium
4/ Ciné aqua
5/ Marineland
6/ Océanopolis
7/ Musée océanographique
8/ Aquarium

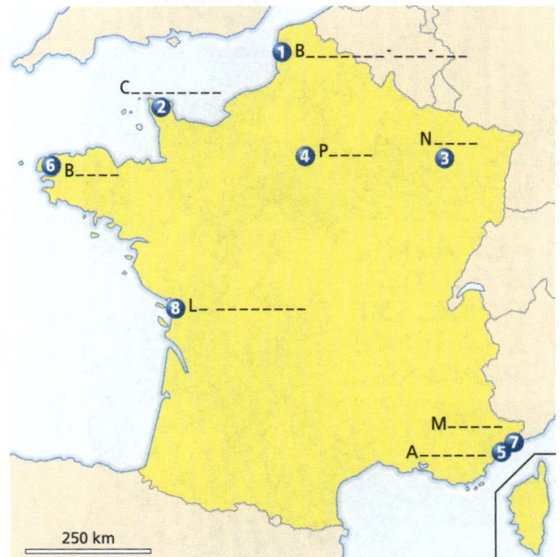

Le saviez-vous ?

Parmi les plus grands aquariums au monde figure celui de Shanghai, en Chine. Le Shanghai Ocean Aquarium permet à ses visiteurs de contempler plus de 15 000 animaux marins appartenant à plus de 450 espèces différentes. Le petit plus ? Quatre tunnels traversant les bassins permettent de se sentir… comme un poisson dans l'eau !

L'énigme du Jour

2 SOS
3 SOS

4 Ce soir, vous êtes de sortie. Pendant votre absence, vos deux adorables rejetons vous préparent une surprise : ils vont nettoyer votre appartement de fond en comble, en commençant par… vider votre aquarium ! Armés d'un verre à dent, ils vont, chacun leur tour, en transvaser le contenu dans le bac à plantes.
Sachant que votre aquarium est long de 1,10 m, profond de 30 cm et haut de 60 cm, et que la contenance du verre à dent est de 20 cL, combien de fois chacun des pauvres enfants devra-t-il répéter l'opération ?

La Maman des poissons

5 Voici une comptine bien connue… Complétez les blancs, puis retrouvez le nom de l'auteur-interprète d'après son anagramme.

Si l'on ne voit pas pleurer
les poissons
qui sont dans l'eau profonde,
C'est que jamais
quand ils sont ....
Leur maman ne les ....

La maman des poissons
elle a l'œil tout rond
on ne la voit jamais froncer
les ....
Ses petits l'aiment bien,
elle est bien ....
et moi je l'aime bien
avec du .... […]

LÉON TOPABIBY

Dur comme

Ils partirent au soleil levant et bientôt ils s'arrêtèrent en face d'une forêt, d'une vraie forêt de granit pourpré. C'étaient des pics, des colonnes, des clochetons, des figures surprenantes modelées par le temps, le vent rongeur et la brume de mer. Hauts jusqu'à trois cents mètres, minces, ronds, tortus, crochus, difformes, imprévus, fantastiques, ces surprenants rochers semblaient des arbres, des plantes, des bêtes, des monuments, des hommes, des moines en robes, des diables cornus, des oiseaux démesurés, tout un peuple monstrueux, une ménagerie de cauchemar pétrifiée par le vouloir de quelque dieu extravagant.

Une vie, Guy de Maupassant, 1883.

Classiques gravés dans le roc ?

1 Guy de Maupassant fait ici référence à un lieu bien réel, lequel ? Entourez la bonne réponse.

a/ les calanques de Piana
b/ les falaises d'Étretat
c/ les falaises de Rocamadour

2 Trouvez l'intrus ! Rayez, parmi ces auteurs, celui qui n'a rien à faire dans cette liste.

FLAUBERT – ZOLA – RONSARD –
HUGO – DUMAS – BALZAC – MÉRIMÉE

3 Retrouvez les véritables titres des œuvres de Maupassant, d'après les paraphrases suivantes :

a/ *Joli copain*
b/ *Le Collier*
c/ *Morceau de charbon*
d/ *Histoires de la cane*

Problème d'érosion...

4 Sachant que l'érosion des roches et des montagnes est de 5 cm par millénaire, combien d'années faudra-t-il au mont Blanc (4 807 m) pour atteindre la taille de la tour Eiffel (324 m) ?

du granit...

Casse-tête salé

8 SOS

5 Ah, les joies de la géologie... Prouvez-nous que vous avez encore quelques souvenirs d'école et que vous savez parfaitement pourquoi l'eau de mer est salée ! Pour cela, remettez ce texte dans l'ordre.

En érodant / l'acide chlorhydrique / des ions / pour former / dans les cours d'eau / qui s'associent / le chlorure de sodium. / les roches, / et le sodium / l'eau dissout / les minéraux / vers les océans, notamment / et transporte

Rocs fléchés

6 Soyez solide comme le roc pour déchiffrer ces énigmes !

1/ J'ai été condamné par les dieux à pousser mon rocher.
2/ J'habite à l'intérieur d'un rocher.
3/ Je suis la roche d'une station thermale.
4/ Je suis un pays et tiens sur un rocher.
5/ En pâtisserie, je suis un rocher.
6/ Je suis une cité antique jordanienne construite dans les rochers.

Le saviez-vous ?

Le Rocher du diamant est une minuscule île déserte de la mer des Caraïbes. Malgré sa petite superficie, il a joué un rôle stratégique durant les guerres napoléoniennes. Au début du XIXe siècle, il a servi de forteresse militaire pour la Royal Navy. Son surnom vient des reflets particulièrement éblouissants que prennent ses parois à certaines heures de la journée !

Rock

7 Qui n'a pas vibré sur une de ces chansons ? Reliez chacune d'elles à son (ou ses) rocker(s) attitré(s).

1/ *Jailhouse Rock*	a/ Johnny Hallyday
2/ *Rock Around the Clock*	b/ The Clash
3/ *Rock on the Moon*	c/ The Ramones
4/ *Rock the Casbah*	d/ Bill Haley
5/ *Rock' n Roll High School*	e/ The Cramps
6/ *Rock' n roll attitude*	f/ Elvis Presley

C'est l'heure de

Testez
votre culture générale

Reco-villes

1 **Reconnaissez-vous chacune de ces villes ? Après avoir correctement légendé ces photos, barrez celle de la ville qui n'a pas de métro.**

- a LYON
- b MARSEILLE
- c NICE
- d PARIS
- e TOULOUSE
- f LILLE

Géo-cuisine

2 **Suivant l'endroit où vous passez vos vacances, on vous servira certains plats typiques. Êtes-vous capable d'identifier, pour chaque plat de cette liste, l'ingrédient qui le caractérise et sa terre d'origine ?**

- 1 Haute-Savoie
- 2 Côte d'Azur
- 3 Pays basque
- 4 Dordogne
- 5 Alsace
- 6 Calvados
- 7 Bourgogne
- 8 Finistère
- 9 Corse
- 10 Rhône

- a gougères
- b flammeküche
- c tripes à la mode de Caen
- d tablier de sapeur
- e garbure
- f polenta
- g socca
- h tartiflette
- i kouign-amann
- j filet de bœuf sauce périgueux

- A choux
- B truffes
- C pâte à choux
- D reblochon
- E gras-double
- F beurre
- G cidre
- H farine de pois chiche
- I crème fraîche
- J farine de châtaigne

la pause !

Peur de qui ? peur de quoi ?

3 Vous avez un ami un peu... trouillard. Aidez-le à nommer ses peurs.

1. peur d'avoir peur
2. peur des araignées
3. peur du ridicule
4. peur des fantômes
5. peur des médecins
6. peur de l'obscurité

a. catagelophobie
b. phantasmophobie
c. phobophobie
d. arachnophobie
e. kénophobie
f. iatrophobie

Rosa, rosae, rosam...

4 Les locutions latines jalonnent encore aujourd'hui notre quotidien. Êtes-vous certain(e) de bien les comprendre ?

1. *Alea jacta est* :
   a/ Léa parle trop.
   b/ Le sort est jeté.
   c/ Les dés sont pipés.

2. *Casus belli* :
   a/ un beau cas d'école
   b/ Dehors, les beaux !
   c/ sujet de dispute

3. *Vae victis* :
   a/ Malheur aux vaincus !
   b/ Regarde les victimes.
   c/ Vive la victoire !

4. *In vino veritas* :
   a/ Et la vérité vint.
   b/ Dans le vin tu finiras.
   c/ La vérité est dans le vin.

Sudoku

5 Complétez la grille avec toutes les lettres du mot PYRAMIDES. Comme pour un sudoku de chiffres, chaque lettre ne peut être utilisée qu'une seule fois par ligne, par colonne et par carré de neuf lettres.

				P	S			
	Y	I						
	E	M				Y	S	
R			A			E		
I	P				D			A
E	M	P		D				
						D		R
		D		M		S		

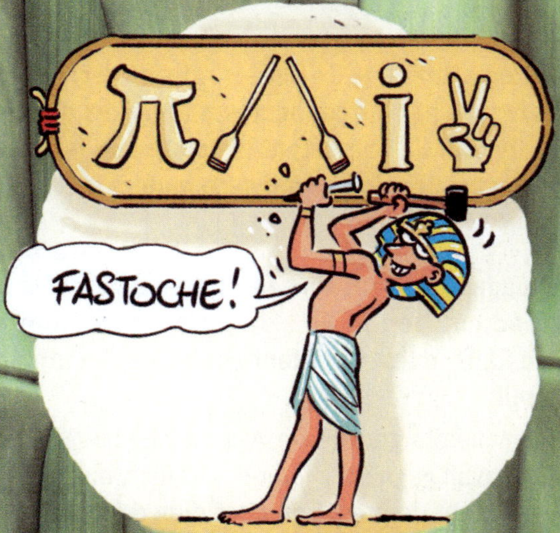

« Nous rappelons

Les trains belges ne sont jamais à l'heure. [...] Le tortillard qui nous a conduits de Bruxelles à Ottignies, _ _ on devait nous prendre en voiture _ _ _ _ nous emmener au Luxembourg était très en retard. [...] « C'est _ _ _ _ _ _ _'il s'arrête à toutes les gares. C'est ce qui le met en retard, expliquait le jeune travailleur.

— S'il s'arrêtait moins souvent, il mettrait moins longtemps, dis-je _ _ _ _ montrer que j'avais l'esprit de déduction et que j'étais ouvert à tous les débats.

— _ _ _ _ _ il ne s'arrête pas, il fait tout d'un coup, continua mon compagnon de wagon. Mais _ _ _ _ _ il part plus tard, il arrive en même temps. »

Nous nous sommes quittés sur ces paroles pleines de mystères ferroviaires.

Petit éloge de la vie de tous les jours, Franz Bartelt,

4 SOS

Littérature de gare

1 **Remettez ce texte sur les rails en remplaçant les blancs par les connecteurs logiques qui manquent. En respectant le nombre de lettres et avec un peu de bon sens, ça roulera tout seul !**

2 **La langue française est truffée d'expressions aux accents ferroviaires. Remplacez les mots en bleu dans le texte par leur équivalent en langage du rail.**

Lulu menait **la grande vie**. À croire que ce sacré **rigolo** avait gagné à la loterie ! Les flics, eux, **le suivaient de près**. **Son quotidien** de truand, ils le connaissaient bien. La dernière fois, Lulu avait déguerpi **ventre à terre**, mais, un jour ou l'autre, il allait finir par tomber. Et, derrière les barreaux, on allait le remettre **dans le droit chemin** !

Le saviez-vous ?

Le premier projet de tunnel sous la Manche date de... 1801 ! Il prévoyait la création de deux tunnels superposés – l'un pour la circulation des malles postales, l'autre pour l'écoulement des eaux d'infiltration – et d'une île artificielle permettant aux voyageurs de se reposer. Quant à la durée du périple ? Mystère...

aux voyageurs... »

Un train peut en cacher un autre...

3 **Seriez-vous capable de reconnaître, rien qu'à la forme de sa locomotive, le type de train dans lequel vous allez monter ? Ne fanfaronnez pas, ce n'est pas si simple !**

1

2

3

4

5

Raccrochez les wagons...

4 **Nous avons savamment mélangé des titres de films entre eux. Retrouvez les titres originaux, puis reliez-les à leurs réalisateurs.**

1/ *Ceux qui m'aiment prendront l'Orient-Express*
2/ *Le Crime de trois fois*
3/ *Le train sifflera le train*
4/ *Mystery Nord-Express*
5/ *L'Inconnu du train*

a/ Fred Zinnemann
b/ Jim Jarmusch
c/ Patrice Chéreau
d/ Sidney Lumet
e/ Alfred Hitchcock

Dates anniversaires

5 **Rétablissez la vérité historique et l'honneur de la SNCF en reliant chacun de ces événements ferroviaires à sa date.**

1/ 1804
2/ 1826
3/ 1938
4/ 1957
5/ 1981
6/ 1994

a/ création de la SNCF
b/ mise en service du TGV Paris-Lyon
c/ mise en service de l'Eurotunnel
d/ première ligne de chemin de fer en France
e/ première locomotive à vapeur
f/ mise en service du trans-Europ-Express

Comme

Le Lézard

Lézard des rochers,
Lézard des murailles,
Lézard des semailles
Lézard des clochers.
Tu tires la langue
Tu clignes des yeux,
Tu remues la queue,
Tu roules, tu tangues.
Lézard bleu diamant,
Violet reine-claude,
Et vert d'émeraude,
Lézard d'agrément.

Chantefables et Chantefleurs, Robert Desnos,

QCM poétique

1 Petit test de culture poétique ! Entourez la bonne réponse.

1/ Les rimes de ce poème sont :
a/ croisées
b/ embrassées
c/ emmêlées
d/ empêtrées

2/ Robert Desnos a appartenu au mouvement :
a/ existentialiste
b/ romantique
c/ surréaliste
d/ apparatchik

Culture reptilienne

2 Des reptiles se sont cachés sous les six expressions en bleu de ce texte. À vous de les trouver !

« ... et arrêtez ces **fausses larmes**... Tout le monde sait que vous êtes **mauvaise langue**. Alors que c'est vous qui passez votre temps à **paresser au soleil**. On vous voit très bien depuis la route **en lacets**. Regardez, vous avez laissé le mur **se fissurer**. Et vous me dites qu'il n'y a pas de **problème** ! »

Le saviez-vous ?

Le lézard à deux têtes existe, oui, ça n'est pas une plaisanterie, mais... une illusion ! Appelé « lézard pomme de pin », ce reptile étonnant vit en Australie et présente, côté queue, l'apparence d'une tête. Celle-ci, bien utile pour tromper ses ennemis, lui sert également de stockage pour ses réserves de graisse...

un lézard...

Snakes and co

3 **Voici une liste de délicieux reptiles... Il vous faut les débusquer en anglais dans cette grille diabolique. Ils se lisent dans tous les sens et leurs lettres doivent se toucher. Une seule règle : ne pas utiliser deux fois la même lettre. Avec les lettres restantes, vous aurez de quoi coasser...**

1/ crocodile
2/ ~~caïman~~
3/ iguane
4/ tortue
5/ alligator
6/ salamandres
7/ lézard
8/ serpent

E	L	O	R	C	L	A	M
T	I	C	G	I	A	S	A
O	D	O	U	A	A	O	N
R	T	O	A	N	R	E	D
E	S	I	A	N	S	A	K
Z	I	L	M	T	S	N	E
A	C	A	I	D	A	L	L
R	D	R	O	T	A	G	I

Sus à l'intrus !

4 **Quelle galerie de portraits sympathiques ! Saurez-vous identifier chacun de ces charmants animaux ? Une fois cette formalité erpétologique expédiée – l'erpétologie étant, comme vous le savez, l'étude des reptiles –, barrez l'intrus qui se cache sournoisement dans chaque groupe (1 et 2)...**

1

2

Tout sur le lézard...

5 **Vrai ou faux ? Après avoir passé ce redoutable test reptilien, vous saurez tout, tout, tout sur le lézard...**

1/ La queue des lézards s'arrête de bouger quand on la coupe.	VRAI	FAUX
2/ La queue coupée du lézard est un leurre pour son ennemi.	VRAI	FAUX
3/ Le lézard peut être ovovivipare.	VRAI	FAUX
4/ Le lézard a des écailles sur le corps.	VRAI	FAUX
5/ Le lézard est un reptile.	VRAI	FAUX
6/ Le varan est un petit lézard avec une langue de serpent.	VRAI	FAUX

Surfez,

Nous revenons de surfer, Carlo et moi. Surfer : comme il y a vingt ans. Nous avons emprunté leurs planches à deux petits jeunes et nous nous sommes jetés dans les vagues [...] Carlo plus agressif et téméraire, qui crie, tatoué, obsolète, des longs cheveux au vent et sa boucle d'oreille étincelant au soleil ; et moi, plus prudent et soucieux de mon style, plus zélé et contrôlé, passant davantage inaperçu, comme toujours. Son chic agaçant de beatnik et mon bon vieux sens de l'euphémisme sur deux planches filant au soleil, et nos deux mondes qui reprenaient leur duel, comme à l'époque de nos phénoménales engueulades de jeunesse – rébellion contre subversion –, quand les chaises volaient, et pas pour rire.

Sandro Veronesi, *Chaos calme*, dans la traduction de Dominique Vittoz, © Éditions Grasset & Fasquelle, 2008.

Sur la vague des classiques

1 Pour nous prouver que vous surfez aussi bien sur les classiques que sur Internet, entourez pour chacun de ces mots son synonyme.

1/ Téméraire :
- a/ fanfaron
- b/ courageux
- c/ peureux

2/ Obsolète :
- a/ obsédé
- b/ hors d'usage
- c/ grisonnant

3/ Euphémisme :
- a/ truculence
- b/ exagération
- c/ atténuation

4/ Subversion :
- a/ contestation
- b/ soumission
- c/ fascination

2 Bien avant les férus de sensations fortes, la langue française a adopté les vagues. Débusquez derrière les mots en bleu toutes les expressions salées qui s'y cachent !

Pauvre Milos... il **broie du noir**. Le public et la presse le boudent : il est complètement dépassé par la nouvelle **tendance**. Il est **dans une passe difficile**. Mais il est toujours discret... Avec moi, il est resté **évasif**. Jamais il ne supporterait de faire **un scandale** !

Le saviez-vous ?

Les plus hautes vagues enregistrées sont communément appelées « vagues scélérates » et avoisinent les 30 m de haut. Certains surfeurs affectionnent tout particulièrement ces murs d'eau, parfois au prix de leur vie... C'est le surfeur Ken Bradshaw qui a affronté la plus haute vague, le 28 janvier 1998. Elle mesurait 26 m ! Pire que le saut en parachute, non ?

jeunesse !

Parlez-vous surf ?

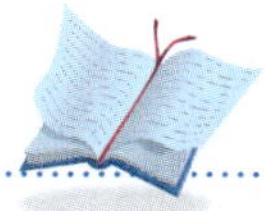

3 Petite révision lexicale avant de vous présenter sur la plage… Alignez ces mots dans la grille.

1/ Traduction française de surfeur (à ne surtout pas prononcer !).
2/ Cœur de la vague.
3/ Personne qui fabrique la planche.
4/ Lieu de rencontre et de référence pour les surfeurs.
5/ Au large, zone où l'on attend la vague.
6/ Virage en haut de la vague.

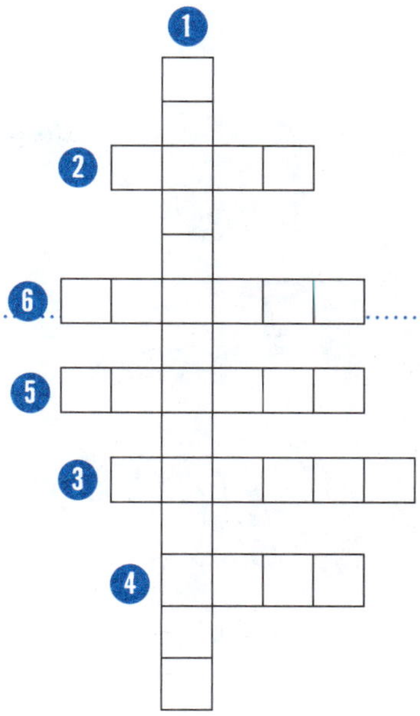

Un vent peut en cacher un autre…

4 Voici quelques notions de base sur le vent qu'il serait bon de vous remémorer avant d'aller surfer. Entourez la bonne réponse.

1/ En mer, on mesure empiriquement la vitesse du vent avec :
a/ l'échelle de Beaufort
b/ l'échelle de Richter
c/ la courte échelle

2/ Cette échelle est graduée de :
a/ 0 à 100
b/ 0 à 12
c/ 0 à 20

3/ L'instrument qui sert à la mesurer précisément est :
a/ le baromètre
b/ l'anémomètre
c/ le thermomètre

4/ La direction du vent est donnée par :
a/ une boussole
b/ une mouette
c/ une girouette

5 À présent, placez sur cette rose des vents les principaux vents qui soufflent en Méditerranée.

SIROCCO – TRAMONTANE – MISTRAL – LIBECCIO

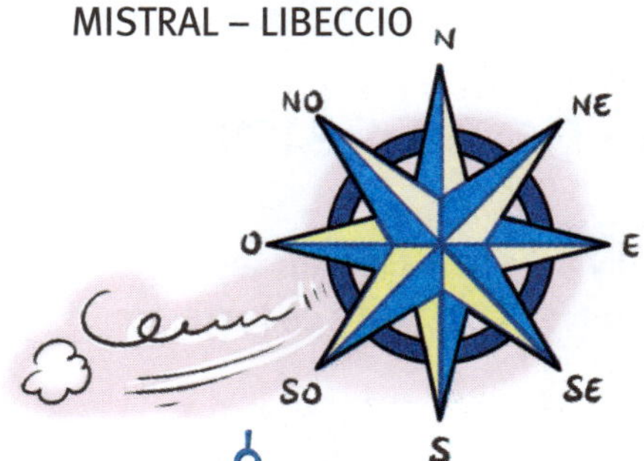

Sports aquatiques

6 Décryptez ces nouveaux sports qui surfent sur la tendance aquatique… Rendez à chaque discipline sa légende.

1/ bodyboard
2/ longboard
3/ skimboard
4/ bodysurf
5/ kitesurf
6/ kneeboard

a/ On surfe sur une mince couche d'eau en aquaplaning.
b/ Sans planche, on se laisse porter par la vague, le corps tendu.
c/ On surfe sur une planche courte et flexible.
d/ On surfe sur une longue planche au nez arrondi.
e/ On surfe à genoux.
f/ On surfe tracté par un cerf-volant.

« Ici, la

Ce sera toute à fée
Comme Allah radie haut
Ceux ne ceux rats rien
Rien queues de là muse hic
Ceux ne ceux rats rien
Rien que des maux des maux des maux
Comme Allah radie haut

Ça ne dés rangera pas
Ça n'en pêchera pas
de joues ého kart
Ça n'en pêchera pas
deux d'or mire sûrs l'autoroute
Ça n'en pêchera pas
de par les dards gens
N'aillez pape heure
Ce sera toute à fée
Comme Allah radie haut
Ceux ne ceux rats rien
Juste pour fer du bruit
Le scie lent sait atroce
Quelles queues chauds est atroce aussi
Entre laids d'eux sait la radio
Tout Justin peut deux bruits
Pour combler le scie lance
Tout Justin peut deux bruits
N'aillez pape heure
Ce sera toute à fée
Comme Allah radie haut
[...]

D'après *Comme à la radio*

Radio classique

1 Il y a de la friture sur les ondes et les paroles de cette chanson vous parviennent très embrouillées. Retrouvez le sens de ce texte...

2 Qui interprète cette chanson ? Un indice : si son prénom a fait fureur à Saint-Tropez, son nom coule de source... Alors, qui est-ce ?

3 Le mot radio a servi à en former de nombeux autres. Mais sauriez-vous vous repérer dans cette liste ? Retrouvez la bonne définition de chaque mot.

1/ radiesthésie
2/ radiographie
3/ radioscopie
4/ radiolaire
5/ radiomètre

a/ Je peux mesurer les rayons du Soleil.
b/ Je suis un plancton des mers chaudes.
c/ Je sais capter les radiations.
d/ Je suis la projection sur écran de l'intérieur de votre corps.
e/ Je suis une photographie de l'intérieur de votre corps.

plage... »

QCM radio

4 Votre poste de radio vous est familier ? Pas si sûr... Vérifiez-le en entourant la bonne réponse.

1/ Un tuner est un :
- a/ syntoniseur
- b/ synthétiseur
- c/ synchroniseur

2/ Le sigle FM signifie :
- a/ *french moderator*
- b/ modulation de fréquence
- c/ fréquences modulables

3/ Radio est la contraction de :
- a/ radiophonie
- b/ radiofréquence
- c/ radiodiffusion

4/ Le sigle AM signifie :
- a/ amplitude magnétique
- b/ modulation d'amplitude
- c/ amplitude moyenne

Radio méli-mélo

5 À présent, sauriez-vous dire comment votre radio fonctionne vraiment ? Remettez donc ces phrases dans l'ordre.

a/ Les signaux électriques sont envoyés dans une antenne.

b/ Les sons se transforment en signaux électriques basse fréquence.

c/ Les sons entrent dans un émetteur radiophonique.

d/ L'antenne transforme les signaux électriques en ondes électromagnétiques.

e/ Les signaux électriques sont superposés à une onde porteuse (onde haute fréquence).

Le saviez-vous ?

Le 30 octobre 1938, Orson Welles interprétait sur les ondes de CBS *La Guerre des mondes* de H. G. Wells. Sa lecture de la scène de l'invasion extraterrestre fut tellement convaincante qu'un million d'auditeurs (sur 6 millions) a cru à une information véridique. Crédulité excessive des auditeurs ? Talent génial de l'animateur radio ? Celui-ci s'est, en tout cas, confondu en excuses !

Radio résistance

6 La radio a toujours été un instrument de propagande et de résistance. À l'aide des indices, placez les mots dans la grille.

1/ « Radio Paris ..., Radio Paris est allemand. »
2/ Poète dont le vers « Les sanglots longs des violons de l'automne » a servi de code pour le Débarquement.
3/ Compositeur auquel on a emprunté le début d'une symphonie pour signifier le V de victoire en morse.
4/ Premier mot de TSF.
5/ Deuxième mot de ORTF.

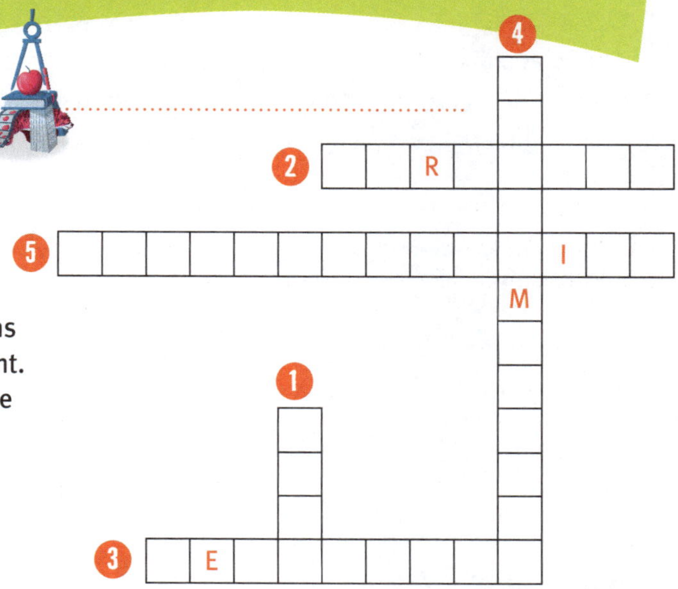

C'est l'heure de

Testez
votre culture générale

Keskidi ?

1 Vous partez à Montréal pour les vacances. À l'aéroport, un Canadien vous raconte de drôles de choses...

1 « J'ai vu un maringouin ». Il a vu :
a/ un moustique
b/ un mariole
c/ un matelot

2 « Je vais foirer ! » :
a/ Il va mettre tout sens dessus dessous.
b/ Il va s'amuser.
c/ Il va tout rater.

3 « Ce type, c'est un baveux ! » Il parle de quelqu'un :
a/ qui postillonne beaucoup
b/ qui est une langue de vipère
c/ qu'il trouve vantard

4 « Je suis paqueté ! » :
a/ Il est saoul.
b/ Il se trouve boudiné.
c/ Il est fatigué.

SOS textos !

2 Votre ado ne parle plus qu'en langage SMS. Tentez de décrypter... avant qu'il ne soit trop tard !

1 @12C4 :
a/ L'ado dit « à un de ces quatre ».
b/ L'ado a eu 4/20.
c/ L'ado propose un foot à 12 contre 4.

2 Gf1 :
a/ L'ado veut voir une course de formule 1.
b/ L'ado a faim.
c/ L'ado s'appelle Jeff.

3 mdr :
a/ L'ado dit un juron.
b/ L'ado est mort de rire.
c/ L'ado fait allusion à ses parents.

4 srvo :
a/ L'ado parle de cerveau.
b/ L'ado parle d'un certain Hervé.
c/ L'ado dit de se servir.

la pause !

My name is Bond...

3 **Rendez à James Bond ses interprètes !**

- a George Lazenby
- b Timothy Dalton
- c Roger Moore
- d Sean Connery
- e Pierce Brosnan
- f Daniel Craig

Bond à l'affiche

4 **Dans chacun de ces titres, un mot a été remplacé par son contraire. Trouvez-le et mettez-le dans la grille pour rendre son honneur au meilleur agent de Sa Gracieuse Majesté.**

1. *Vis un autre jour*
2. *Au service public de Sa Majesté*
3. *L' espion qui me détestait*
4. *Interdit de tuer*
5. *Hier ne meurt jamais*
6. *Casino paysan*

Balades

Vue du sphinx Abou-et-Houl (le père de la terreur).

– Le sable, les Pyramides, le Sphinx, tout gris et noyé dans un grand ton rose ; le ciel est tout bleu, les aigles tournent en planant lentement autour du faite des pyramides. Nous nous arretons devant le Sphinx, il nous regarde d'une façon terrifiante ; Maxime est tout pale, j'ai peur que la tete ne me tourne et je tache de dominer mon émotion. Nous repartons à fond de train, fous, emportés au milieu des pierres ; nous faisons le tour des Pyramides, à leur pied meme, au pas. Les bagages tardent à venir, la nuit tombe.

D'après Flaubert, *Voyage en Orient*, 1849-51.

Style classique

1 Six mots ont perdu leur accent circonflexe. Trouvez-les et rendez-leur leur couvre-chef !

QCM tout sur Flaubert

2 On ne fait pas plus classique que Flaubert ! Pour autant, le connaissez-vous sur le bout des doigts ? Entourez la (ou les) bonne(s) réponse(s).

1/ Flaubert a pour prénom :
a/ Gabriel
b/ Hyppolite
c/ Gustave
d/ Émile

2/ Il a pour contemporain(s) :
a/ Charles Baudelaire
b/ Théophile Gautier
c/ George Sand
d/ Blaise Pascal

3/ Il est l'auteur de :
a/ *L'Éducation sentimentale*
b/ *Au bonheur des dames*
c/ *Le Rouge et le Noir*
d/ *Trois Contes*

4/ Il est à l'origine du terme :
a/ borborygme
b/ botanique
c/ bovarysme
d/ botulisme

Âge antique

3 Les historiens distinguent trois périodes dans la Préhistoire. Entourez-les dans la liste ci-dessous, puis classez-les, de la plus ancienne à la plus récente.

âge de pierre	âge de glace
âge du bronze	âge du cuivre
âge du fer	âge d'or

antiques

Vieilles pierres

4 Cet été, les vacances seront culturelles ! Pour aller voir ces merveilles antiques, retrouvez leur nom puis reliez-les à leur site.

THOLOS – PARTHÉNON – SPHINX – KHAZNEH – BIBLIOTHÈQUE DE CELSUS – COLISÉE

1 

2 

3 

4 

5 

6 

DELPHES – ROME – PÉTRA – ATHÈNES – ÉPHÈSE – GIZEH

Le saviez-vous ?

La construction de routes à partir de Rome a joué un rôle essentiel dans l'expansion de l'Empire romain. La première, la voie Appienne – *via* Appia –, ouvre le chemin vers Capoue en 312 av. J.-C. Suivront la *via* Ostiensis vers Ostie, la *via* Aurelia vers Pise, la *via* Tiburtina vers Tivoli… D'où la célèbre expression « Tous les chemins mènent à Rome. » Évidemment !

Cités antiques

9 SOS

5 Ces cités ont toutes connu un grand rayonnement dans l'Antiquité. Mais où se trouvent-elles aujourd'hui ? Reliez-les à leur pays actuel.

1/ Carthage
2/ Corinthe
3/ Babylone
4/ Alexandrie

a/ Libye
b/ Égypte
c/ Tunisie
d/ Irak
e/ Iran
f/ Grèce

Vestiges antiques

6 Nul besoin d'aller à l'autre bout du monde pour admirer le style antique. Le paysage architectural français est marqué par son influence. Retrouvez-en quelques exemples que vous placerez dans la grille.

1/ À l'origine, il commémore les victoires militaires.
2/ Comme à Rome, elle coiffe à Paris la dernière demeure de nos grands hommes.
3/ Malgré ses origines égyptiennes, il se dresse à Paris.
4/ On en trouve à Orange, Arles, mais aussi à Paris.
5/ Posée en toute transparence sur le sol parisien, elle renvoie l'ombre de ses aînées dans le désert.

« Bateau,

Sur la route qui nous mène
Loin du monde et des problèmes
Je fuis (il fuit)
Comme la gazelle aimable
Aux grands cils de velours
Je bondis de vague en vague
Les mouettes me crient leur bonjour

Oh mon bateau
Tu es le plus beau des bateaux
Et tu me guides sur les flots
Vers ce qu'il y a de plus beau
Tu es le plus beau des bateaux

Bravant toutes les tempêtes
Sifflant comme une alouette
Je vole (il vole)
Vers de fabuleux sauvages
Où je serai bientôt roi
J'entends des rythmes rivages
Les algues dansent autour de moi
Hop là [...]

« Oh ! Mon bateau », paroles : Robin Katz et Patrick Fierry, musique d'Alexandre Desplat, © Honey B.

Le saviez-vous ?

En octobre 1952, Alain Bombard, médecin et navigateur, part de Las Palmas à bord d'un bateau pneumatique, sans eau ni vivres. Deux mois plus tard, il arrive à La Barbade, dans les Caraïbes. Il a traversé l'Atlantique, prouvant qu'on peut survivre avec de l'eau de mer et du plancton. Et dire qu'on fait les courses toutes les semaines...

Classiques nautiques

1 **Deux rimes ont été interverties par erreur. Retrouvez-les sans couler la chanson !**

2 **La littérature est remplie de textes inspirés par la mer... Terminez ces célèbres vers, puis rendez-les à leur œuvre et à leur auteur.**

1/ Cette pluie sur la mer
Sur l'arsenal
Sur le bateau d'.......................
2/ La tempête a béni mes éveils maritimes
Plus léger qu'un bouchon, j'ai dansé sur ....
3/ Oh ! combien de marins, combien de capitaines
Qui sont partis joyeux pour des ....
4/ Homme libre, toujours tu chériras ....

a/ *Le Bateau ivre*
b/ *L' Homme et la Mer*
c/ *Oceano Nox*
d/ *Barbara*

A/ Charles Baudelaire
B/ Jacques Prévert
C/ Victor Hugo
D/ Arthur Rimbaud

sur l'eau... »

Énigmes nautiques

3 Sous ces énigmes se cachent des noms de bateaux. Trouvez-les et inscrivez-les dans la grille.

1/ Sous les couvertures et la moitié d'un demi.
2/ Il consume, mais l'allure est *British*.
3/ Cri de départ avec une petite aile.
4/ Un autobus et un jeu chinois.
5/ Une petite catastrophe et un drôle.
6/ Il classe et amuse.

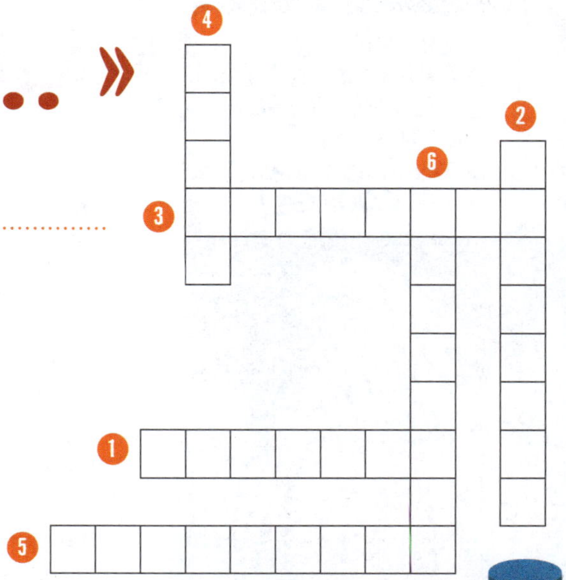

Courses mythiques

4 Un ami un peu vantard vous raconte ses exploits maritimes. Déduisez-en les courses nautiques qu'il a effectuées.

1/ « J'ai fait le tour du monde en solitaire et sans escale. »
2/ « J'ai traversé l'Atlantique en solitaire. »
3/ « J'ai battu le record du tour du monde à la voile. »
4/ « J'ai gagné une régate avec mon équipage. »

a/ Coupe de l'America
b/ Trophée Jules-Verne
c/ Vendée Globe
d/ Route du Rhum

On pagaie, on pagaie...

5 Pour échapper à la cohue de la plage, vous décidez de vous réfugier sur un rocher isolé. Sautant dans votre bateau pneumatique, armé de vos deux petites rames, vous pagayez bon train. Courage, le rocher se trouve à 250 m à peine ! Pendant les premiers 120 m, votre vitesse est de 200 m/h. Un zodiac® passe en vous éclaboussant. Furieux, vous décidez de mettre le turbo. Quelle doit être votre vitesse sur la distance qui reste à parcourir pour que la moyenne de votre vitesse tout au long du trajet soit de 400 m/h ?

QCM flotte ou coule

6 SOS

6 Vous savez depuis longtemps que vous ne coulerez pas en montant dans votre bateau, mais vous rappelez-vous bien pourquoi ? Entourez la bonne réponse.

1/ Plongé dans l'eau, un corps subit une poussée :
- a/ de haut en bas
- b/ de gauche à droite
- c/ d'adrénaline
- d/ de bas en haut

2/ Cette poussée est égale :
- a/ au poids du corps
- b/ à la densité de l'eau
- c/ au poids du volume d'eau déplacé
- d/ à la moitié du poids du volume d'eau déplacé

3/ Cette loi physique a été découverte par :
- a/ Archimède
- b/ Newton
- c/ Einstein
- d/ Platon

4/ Dans mon bateau, je flotte sur les flots grâce :
- a/ à mon régime
- b/ à la densité de la mer
- c/ à la légèreté de mon bateau pneumatique
- d/ au sel de la mer

« La plus belle

La Fée dit alors à Cendrillon : « Eh bien ! voilà de quoi aller au bal : n'es-tu pas bien aise ?
— Oui, mais est-ce que j'irai comme cela, avec mes vilains habits ? »
Sa Marraine ne fit que la toucher avec sa baguette, et en même temps ses habits furent changés en des habits d'or et d'argent, tout chamarrés de pierreries ; elle lui donna ensuite une paire de pantoufles de verre, les plus jolies du monde. Quand elle fut ainsi parée, elle monta en carrosse ; mais sa marraine lui recommanda, sur toutes choses, de ne pas passer minuit, l'avertissant que, si elle demeurait au bal un moment davantage, son carrosse redeviendrait citrouille, ses chevaux des souris, ses laquais des lézards, et que ses beaux habits reprendraient leur première forme.

Cendrillon ou La Petite Pantoufle de verre, 1697.

QCM bal des classiques

1 Tout compte fait, les contes de fées ne sont pas aussi simples qu'ils en ont l'air… Entourez la bonne réponse.

1/ L'auteur de cette version du conte est :
a/ les frères Grimm
b/ Charles Perrault
c/ Hans C. Andersen

2/ Le vair est :
a/ un écureuil
b/ du cristal
c/ du verre

3/ Les sœurs de Cendrillon s'appellent :
a/ Javel et Anesthésie
b/ Javotte et Anastasie
c/ Gavotte et Anastasia

Le bal à l'affiche

2 Notre critique de films a perdu quelque peu la mémoire ! Remplissez les blancs, puis placez-les dans la grille.

1/ *Le Bal des* .... est un film de guerre avec Marlon Brando.
2/ *Le Bal des* .... est un film de Roman Polanski.
3/ *Le Bal* est un film d'Ettore ....
4/ *Le Bal des* .... est un film de Maïwenn.
5/ *Le Bal des* .... est un film avec Jean Rochefort et Miou-Miou.
6/ *Le Bal du* .... *d' Orgel* est tiré du roman de Raymond Radiguet.

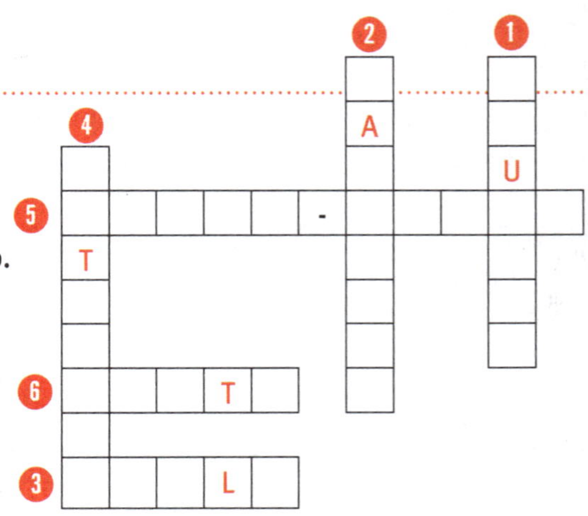

pour aller danser... »

Ciné-danse

3 Chacun de ces films a marqué les esprits par ses pas de danse ou ses salles de bal. Rendez à chacun son cavalier et sa cavalière !

1/ *Ballroom Dancing*	a/ Franck Dubosc	A/ Olivia Newton-John
2/ *West Side Story*	b/ John Travolta	B/ Tara Morice
3/ *Disco*	c/ Paul Mercurio	C/ Emmanuelle Béart
4/ *Grease*	d/ Sean Bean	D/ Natalie Wood
5/ *Le Guépard*	e/ Richard Beymer	E/ Claudia Cardinale
6/ *Anna Karénine* (1997)	f/ Alain Delon	F/ Sophie Marceau

Le saviez-vous ?

Charles VI donna, le 28 juillet 1393, un bal. Avec plusieurs compagnons, il se déguisa en sauvage pour amuser les invités. Enduits de poix et recouverts de plumes, ils se mêlèrent aux danseurs, attachés entre eux par des chaînes. Le duc d'Orléans, intrigué par ces déguisements, approcha une torche de l'un des malheureux, qui prit feu. L'incendie se propagea à ses voisins enchaînés. Seul le roi fut sauvé de justesse. D'où le nom tristement célèbre de « bal des Ardents »...

Un pas de danse ?

4 Aller au bal, c'est bien ; savoir danser, c'est mieux. Commencez déjà par tenter de reconnaître les danses illustrées ci-dessous.

TANGO – ROCK – ZOUK – VALSE – SALSA

1 __________

2 __________

3 __________

4 __________

5 __________

À vos maillots ! p. 4

Révisez vos classiques

1/ 1- a, c, d.

2/ 1- c ; **2-** b.

QCM bikini

3/ 1- a ;
2- b ;
3- a ;
4- c ;
5- a ;
6- a, b.

Bain de minuit

4/ Pétula a 8 chances sur 12 (8 + 4), soit 2 chances sur 3 d'attraper un haut rouge.
Pour être certaine d'avoir un haut rouge, elle devra prendre 5 hauts. En effet, comme elle n'a que 4 hauts verts, le cinquième sera obligatoirement rouge.

Pour l'Histoire…

5/ 1- b - C ;
2- c - D ;
3- a - E ;
4- d - A ;
5- e - B.

Beignets, chocos, glaces ! p. 6

Sur le bout de la langue

1/ Quand j'étais gamin, les glaciers poussant leur chario**t** blan**c** aux couvercles argentés proposaient deux types de glace : le cornet à deu**x** sous ou le biscui**t** à quatre sous. […] Moi, j'étais fasciné par certains garçons de mon âge à qui on achetait non un biscui**t** à quatre sous mai**s** deu**x** cornets à deu**x** sous. Ces privilégiés marchaient fiers comme Artaban, une glace dan**s** chaque main, et en tournant habilemen**t** la tête, ils léchaient l'une pui**s** l'autre. Une telle liturgie me paraissait si somptueuse, si enviable que, souven**t**, je réclamais le droi**t** de la célébrer. En vain. Mes parents se montraient inflexibles : une glace à quatre sou**s**, d'accor**d**, deu**x** à deu**x** sous, pa**s** question.

2/ 1- a ;
2- c ;
3- b ;
4- a.

La route de la glace

3/

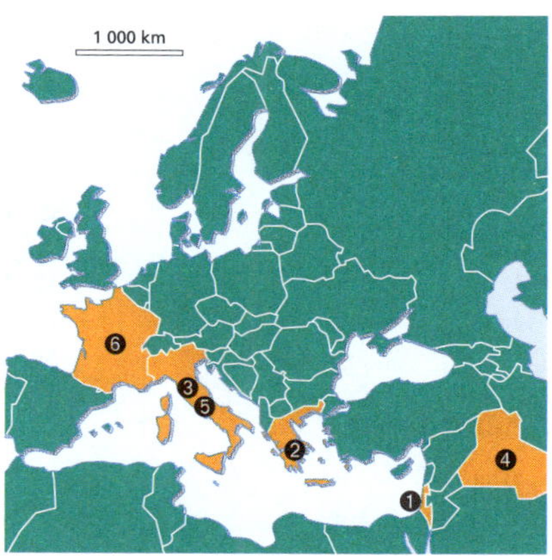

Recette sans queue ni tête

4/ Faire bouillir ½ L de lait. Battre 6 jaunes d'œufs et ajouter 150 g de sucre. Ajouter 100 g de cacao et touiller, touiller. Verser le lait doucement en continuant de remuer pour obtenir une préparation bien liquide. Refaire chauffer l'ensemble à feu doux pour qu'il épaississe. Laissez refroidir le jus. Battre énergiquement (électriquement, c'est mieux) 300 mL de crème fraîche et 50 g de sucre. Incorporer au jus. Turbiner. Miam miam !

Énigmes glacées

5/

Saleté de moustique ! p. 8

Piquants classiques…

1/ Les deux rimes solitaires sont « qui » (vers 3 et 15).

2/ b- un as de pique ;
c- un pic à glace ;
d- un pique-nique ;
f- tomber à pic ;
i- un aspic.

3/ a- Qui s'y frotte s'y pique ;
b- Ton histoire n'est pas piquée des hannetons ;
c- Cette fille est piquée ;
d- Elle est coiffée comme l'as de pique ;
e- Je ne sais pas quelle mouche l'a piqué… ;
e- Elle a du piquant.

Mousti-quiz

4/a- Faux (c'est la femelle) ;
b- Vrai ;
c- Vrai ;
d- Vrai ;
e- Faux (la majorité des moustiques vivent 8 à 30 jours) ;
f- Vrai ;
g- Faux (s'il n'est pas dérangé, un moustique peut pomper pendant 3 min).

Mousti-marathon

5/ Les deux amoureux se retrouvent à la moitié du parcours. Ils font donc 5 km chacun, ce qui leur prend une heure.
En une heure, le moustique, qui vole à 10 km/h, parcourt 10 km.

Petites bêtes...

6/ **1-** mouche ;
2- fourmi ;
3- abeille ;
4- guêpe ;
5- hanneton ;
6- araignée.

¡Qué calor! p. 10

Révisez vos classiques

1/ **1-** b ;
2- a.

2/ **a-** maintenant ;
b- pèse ;
c- brûler ;
d- douloureuses ;
e- se logent ;
f- pareille.

Chaud, chaud, météo !

3/ **a-** Faux (plusieurs critères entrent en jeu, notamment l'amplitude thermique – écart de température entre le jour et la nuit –, qui permet au corps de récupérer pendant la nuit) ;

b- Vrai (la soif est un signal d'appel que donne le corps) ;

c- Faux (le corps a besoin, en moyenne, de 2,5 L d'eau par jour – 1,5 L apporté par l'eau bue et 1 L par les aliments consommés –) ;

d- Faux (les personnes maigres ont plus d'eau, dans leur organisme, que les autres) ;

e- Vrai ;

f- Vrai (transpirer permet au corps de maintenir sa température. C'est pourquoi les personnes âgées doivent se mouiller fréquemment le visage et le corps pour se rafraîchir par fortes chaleurs) ;

g- Faux (la bière accélère la déshydratation de l'organisme).

QCM *so hot!*

4/ **1-** a ;
2- b ;
3- a ;
4- c.

Planète en surchauffe

5/ **1-** c- A ;
2- e- E ;
3- a- C ;
4- b- D ;
5- d- B.

C'est l'heure de la pause ! p. 12

Pieds en or

1/ **1-** Lilian Thuram ;
2- Cristiano Ronaldo ;
3- Jean-Pierre Papin ;
4- Lionel Messi ;
5- Zinedine Zidane ;
6- Michel Platini.

Seul Lilian Thuram n'a jamais obtenu le Ballon d'or.

Fils de bulles

2/ **1-** d- C (parole d'Iznogoud) ;
2- e- D (parole de Gargamel) ;
3- b- E (parole de Gaston Lagaffe) ;
4- a- B (parole de Joe Dalton) ;
5- c- A (parole de Titeuf).

Quiz capitales

3/ **1-** b ;
2- g ;
3- a ;
4- h ;
5- f ;
6- d ;
7- c ;
8- e ;
9- j ;
10- i.

Méli-mélo drapeaux

4/ Réponse 3.
Réponse b.

Un poème d'Épinal avec des images en prose

5/

La mer sur un plateau p. 14

L'Oulipo ? kézako ?

1/ **1-** c ;
2- a ;
3- b ;
4- d.

Drôles d'animaux...

2/

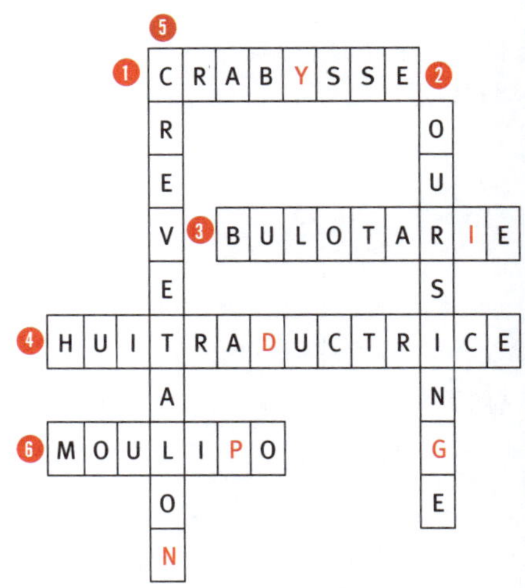

Panier de crabes

3/ Alma, c'était une **huître**, ça, tout le monde le savait. Mais tout de même ! Tomber sur un **homard** ! Et finir **crevette** à Londres ! Si sa mère savait... On allait la sortir de ce panier de **crabes**, mais, la prochaine fois, elle avait intérêt à être un peu moins **moule**. On n'est pas la **langoustine** de n'importe qui, non ?

Sur un plateau...

4/ 1- bigorneau ;
2- crevette ;
3- crabe ;
4- couteau de mer ;
5- bulot ;
6- homard ;
7- moule ;
8- palourde ;
9- coquille Saint-Jacques ;
10- oursin.

Échinodermes : oursin ;
Crustacés : crevette, crabe, homard ;
Escargots de mer : bigorneau, bulot ;
Coquillages : couteau de mer, moule, palourde, coquille Saint-Jacques.

Le grand saut .... p. 16

L'air des classiques

1/ 1- b.

2/

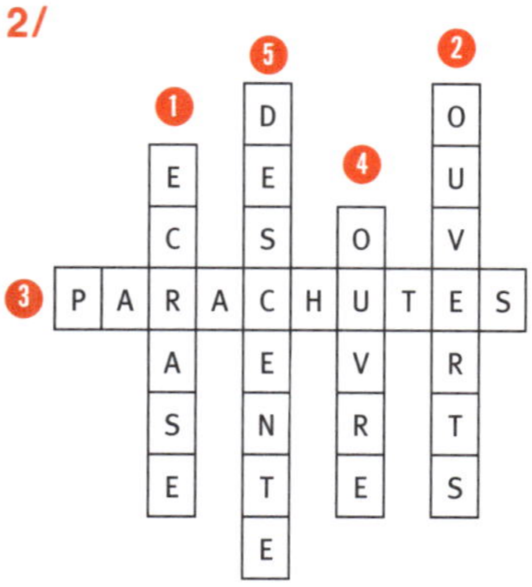

Vertigineux !

3/ 1- b ;
2- d ;
3- f ;
4- e ;
5- a ;
6- c.

La discipline imaginaire de cette liste est le yo-yo.

Chute libre

4/ On calcule d'abord la distance parcourue en chute libre :
3 500 – 3 100 = 400 m.
Si vous avez parcouru 400 m en 40 s, votre vitesse de chute était :
400 ÷ 40 = 10 m/s.
Avec votre parachute, vous parcourez les 3 100 derniers mètres en 10 min, soit 310 m à la minute.
Or, 1 min = 60 s.
310 ÷ 60 = 5,16... m/s.
Votre vitesse en parachute était donc d'environ 5 m/s.

Acteurs parachutés

5/ 1- d ;
2- c ;
3- f ;
4- a ;
5- b ;
6- e.

Sous l'œil des statues .... p. 18

QCM classiques photo

1/ 1- a ;
2- b ;
3- c ;
4- a.

Méli-mélo artistique

2/ 1- c- B ;
2- f- A ;
3- a- D ;
4- d- C ;
5- e- F ;
6- b- E.

Musées présidentiels

3/ 1- b ;
2- c ;
3- d ;
4- a.

Cache-cache musée

4/

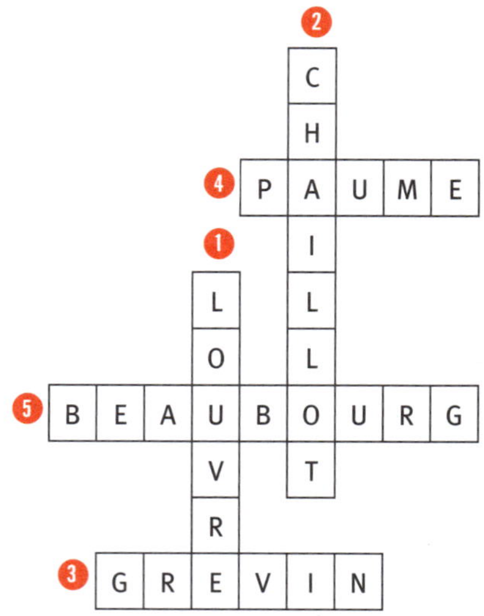

Comme un poisson dans l'eau... .... p. 20

Jeu des familles

1/ Réponse : Philippe Delerm (l'auteur) et Vincent Delerm (son fils).
1- b (M) ;
2- d ;
3- a (Arthur H) ;
4- c.

Ciné méli-mélo

2/ *Swimming Pool* de François Ozon, avec Ludivine Sagnier et Charlotte Rampling.
La Piscine de Jacques Deray, avec Romy Schneider, Jane Birkin, Alain Delon et Maurice Ronet.

Techniques de nage

3/ 1- dos crawlé ;
2- papillon ;
3- brasse ;
4- nage indienne ;
5- crawl ;
6- dos à deux bras.

La nage indienne et le dos à deux bras ne font pas partie des disciplines olympiques.

Piscine et Cie

4/

						2								
					1	P	I	S	C	I	V	O	R	E
						I								
			3	P	I	S	C	I	F	O	R	M	E	
						C								
						I								
		5	P	I	S	C	I	C	O	L	E			
						U								
						L								
4	P	I	S	C	A	T	O	R	I	A	L			
						E								
						U								
						R								

QCM piscine écolo

5/ **1-** a, c ;
2- a, d ;
3- a ;
4- c.

C'est l'heure de la pause ! .... p. 22

Drôles de proverbes…

1/ **1-** Il ne faut pas jeter le bébé avec l'eau du bain ;
2- Il ne faut pas mélanger les torchons et les serviettes ;
3- Il ne faut pas remettre au lendemain ce qu'on peut faire le jour même ;
4- Il ne faut pas réveiller le chat qui dort ;
5- Il ne faut pas juger de l'arbre par l'écorce ;
6- Il ne faut pas mettre tous ses œufs dans le même panier ;
7- Il ne faut pas prendre les enfants du Bon Dieu pour des canards sauvages ;
8- Il ne faut pas vendre la peau de l'ours avant de l'avoir tué.

L'exercice vaut bien un fromage…

2/ **1-** d ;
2- h ;
3- a ;
4- c ;
5- f ;
6- j ;
7- e ;
8- i ;
9- b ;
10- g.

La petite balle jaune

3/ Les tournois du Grand Chelem sont : Roland-Garros, l'US Open, Wimbledon et l'Open d'Australie.
a- 1, 4 ;
b- 6 ;
c- 2, 3, 5, 7.

L'intrus de la citation

4/ **1-** d- « Les miroirs feraient bien de réfléchir avant de renvoyer les images » ;
2- a- « J'ai retourné ma veste quand je me suis aperçu qu'elle était doublée de vison » ;
3- e- « On dit d'un accusé qu'il est cuit quand son avocat n'est pas cru » ;
4- b- « Quand un philosophe vous répond, on ne comprend même plus ce qu'on lui avait demandé » ;
5- c- « Je ne parle pas aux cons, ça les instruit ».

Baz'art

5/ **1-** e- B ;
2- c- E ;
3- d- D ;
4- f- F ;
5- b- A ;
6- a- C.

En avant, marche ! .... p. 24

Classique à l'affiche

1/ **1-** a ;
2- d ;
3- d.

Géo-rando

2/

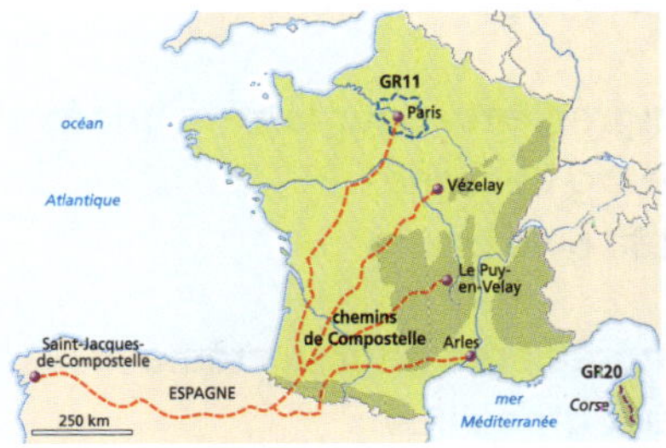

QCM rando-test

3/ **1-** c ;
2- b ;
3- b.

Films en marche

4/

								2			
	4							E			
	M					5	O	M	B	R	E
	A							P			
3	R	A	N	D	O	N	N	E	U	R	S
	C							R			
	H							E			
	E							U			
	S	1	T	R	A	V	E	R	S	E	E

Lèvres bleues et doigts rouges .... p. 26

Le goût des classiques

1/ **rûsem :** mûres ;
daeic : acide ;
prirenus : pruniers ;

célavoies : violacées ;
ifgirue : figuier ;
scieres : cerises.

2/ Réponse c.

Énigme pâtissière

3/ On nomme *x* l'ingrédient de référence, le beurre, et on considère que la masse d'une pincée de sel est négligeable. On pose ensuite l'équation suivante :
$2x$ (farine) + x + $3x$ (groseilles) + $2x$ (sucre) + 30 g = 830 g.
$8x = 830 - 30$ g $= 800$ g.
$x = 100$ g.

Ingrédients pour la pâte brisée :
200 g de farine
100 g de beurre

Ingrédients pour la crème aux groseilles :
300 g de groseilles
200 g de sucre

So British

4/

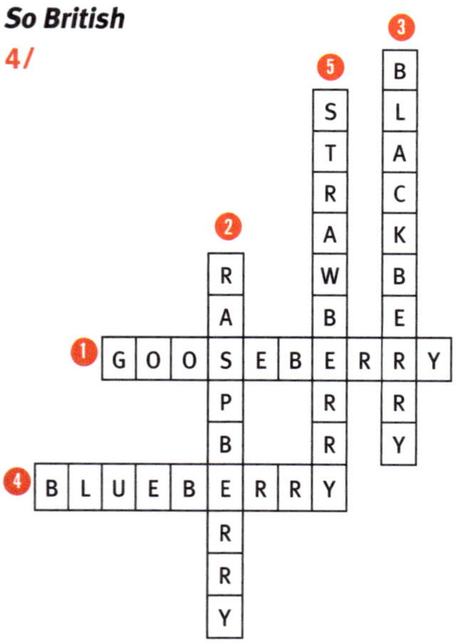

Promenons-nous dans les bois...

5/ **1-** cassis ;
2- groseille ;
3- gui ;
4- houx ;
5- framboise ;
6- if ;
7- mûre ;
8- myrtille ;
9- sureau ;
10- groseille à maquereau.

Les baies non comestibles sont le gui et l'if. S'il est fortement déconseillé de manger les boules de houx, on s'en sert cependant pour faire de l'eau-de-vie.

Aqua, aquae, aquarium... p. 28

Étrange aquarium

1/ **1-** enfant ;
2- silence ;
3- froid ;
4- respirait ;
5- différents ;
6- sur ;
7- grand.

Photos d'identité

2/ **1-** brochet ;
2- carpe ;
3- congre ;
4- rouget ;
5- poisson-chat ;
6- raie ;
7- rascasse ;
8- daurade.
Poissons d'eau douce : brochet, carpe, congre, poisson-chat.
Poissons de mer : rouget, raie, rascasse, daurade.

Tourisme aquatique

3/

L'énigme du jour

4/ On cherche tout d'abord le volume de l'aquarium. On sait que la longueur est de 1,10 m (= 110 cm), la largeur de 30 cm et la hauteur de 60 cm.
$V = 110 \times 30 \times 60 = 198\,000$ cm^3
$= 0{,}198$ m^3.
Le volume de l'aquarium est donc d'environ 0,2 m^3.
On sait d'autre part qu'un verre contient 20 cL, soit 0,2 L.
Sachant que 1 m^3 = 1 000 L,
0,2 m^3 = 200 L.
On cherche à présent combien il faut de verres de 0,2 L pour remplir l'aquarium de 200 L :
$200 \div 0{,}2 = 1\,000$.
Il faut donc 1 000 verres pour vider l'aquarium, soit 500 vidages ($1\,000 \div 2$) par enfant !

La Maman des poissons

5/ polissons ; gronde ; sourcils ; gentille ; citron.

Boby Lapointe.

Dur comme du granit... p. 30

Classiques gravés dans le roc ?

1/ Réponse a.

2/ Ronsard, car c'est un auteur du XVIe siècle et non du XIXe comme tous les autres de la liste.

3/ **a-** *Bel-Ami* ;
b- *La Parure* ;
c- *Boule de suif* ;
d- *Contes de la bécasse*.

Problème d'érosion...

4/ On commence par calculer la différence de hauteur entre les deux :
$4\,807 - 324 = 4\,483$ m $= 448\,300$ cm.
Sachant que l'érosion est de 5 cm par millénaire :

448 300 ÷ 5 = 89 660 millénaires
= 89 660 000 ans.
Il faudra donc environ 89 millions d'années pour que le mont Blanc atteigne la taille de la tour Eiffel !

Casse-tête salé

5/ En érodant les roches, l'eau dissout les minéraux et transporte des ions dans les cours d'eau vers les océans, notamment l'acide chlorhydrique et le sodium qui s'associent pour former le chlorure de sodium.

Rocs fléchés

6/

					4							
					M							
5	C	O	N	G	O	L	A	I	S	1		
					N					S		
6	P	E	T	R	A			3		I		
					C			P		S		
		2	T	R	O	G	L	O	D	Y	T	E
								S		P		
								A		H		
								Y		E		

Rock

7/ 1- f ;
2- d ;
3- e ;
4- b ;
5- c ;
6- a.

C'est l'heure de la pause !

p. 32

Reco-villes

1/ 1- a ;
2- c ;
3- f ;
4- b ;
5- d ;
6- e.
La ville qui n'a pas de métro est Nice.

Géo-cuisine

2/ 1- h- D (plat au four, à base de pommes de terre et de reblochon) ;
2- g- H (galette de farine de pois chiche) ;
3- e- A (soupe épaisse à base de pain de seigle, de choux et de lard) ;
4- j- B (sauce brune à base de truffes, de vin de Madère et de beurre) ;
5- b- I (tarte flambée à base de crème, de lardons et d'oignons) ;
6- c- G (tripes de bœuf cuisinées au cidre et au calvados) ;
7- a- C (pâte à choux mélangée à du fromage) ;
8- i- F (gâteau à base de beurre) ;
9- f- J (plat à base de farine de châtaigne) ;
10- d- E (pièce de bœuf bouillie et marinée au vin blanc).

Peur de qui ? peur de quoi ?

3/ 1- c ;
2- d ;
3- a ;
4- b ;
5- f ;
6- e.

Rosa, rosae, rosam...

4/ 1- b ;
2- c ;
3- a ;
4- c.

Sudoku

5/

D	A	R	Y	P	S	M	E	I
S	Y	I	D	E	M	A	R	P
P	E	M	R	A	I	Y	S	D
M	D	A	E	R	Y	P	I	S
R	S	Y	A	I	P	E	D	M
I	P	E	M	S	D	R	Y	A
E	M	P	S	D	R	I	A	Y
A	I	S	P	Y	E	D	M	R
Y	R	D	I	M	A	S	P	E

« Nous rappelons aux voyageurs... »

p. 34

Littérature de gare

1/ Les trains belges ne sont jamais à l'heure. [...] Le tortillard qui nous a conduits de Bruxelles à Ottignies, **où** on devait nous prendre en voiture **pour** nous emmener au Luxembourg était très en retard. [...]
« C'est **parce qu**'il s'arrête à toutes les gares. C'est ce qui le met en retard, expliquait le jeune travailleur.
— S'il s'arrêtait moins souvent, il mettrait moins longtemps, dis-je **pour** montrer que j'avais l'esprit de déduction et que j'étais ouvert à tous les débats.
— **Quand** il ne s'arrête pas, il fait tout d'un coup, continua mon compagnon de wagon. Mais **comme** il part plus tard, il arrive en même temps. »
Nous nous sommes quittés sur ces paroles pleines de mystères ferroviaires.

2/ Lulu menait **grand train**.
À croire que ce sacré **boute-en-train** avait gagné à la loterie !
Les flics, eux, **lui filaient le train**.
Son train-train de truand, ils le connaissaient bien. La dernière fois, Lulu avait déguerpi **à fond de train**, mais, un jour ou l'autre, il allait finir par tomber. Et, derrière les barreaux, on allait le remettre **sur les rails** !

Un train peut en cacher un autre...

3/ 1- TER ;
2- métro ;
3- tramway ;
4- TGV ;
5- corail.

Raccrochez les wagons...

4/ 1- *Ceux qui m'aiment prendront le train* - c ;

2- *Le Crime de l'Orient-Express* - d (1974) ;
3- *Le train sifflera trois fois* - a ;
4- *Mystery Train* - b ;
5- *L'Inconnu du Nord-Express* - e.

Dates anniversaires
5/ 1- e ;
2- d ;
3- a ;
4- f ;
5- b ;
6- c.

Comme un lézard... .... p. 36

QCM poétique
1/ 1- b ;
2- c.

Culture reptilienne
2/ « ... et arrêtez ces **larmes de crocodile**... Tout le monde sait que vous êtes **une langue de vipère**. Alors que c'est vous qui passez votre temps à **lézarder**. On vous voit très bien depuis la route **qui serpente**. Regardez, vous avez laissé le mur **se lézarder**. Et vous me dites qu'il n'y a pas de **lézard** !

Snakes and co
3/ 1- *Crocodile* ;
2- *Caiman* ;
3- *Iguana* ;
4- *Tortoise* ;
5- *Alligator* ;
6- *Salamanders* ;
7- *Lizard* ;
8- *Snake*.

E	L	O	R	C	L	A	M
T	I	C	G	I	A	S	A
O	D	O	U	A	A	O	N
R	T	O	A	N	R	E	D
E	S	I	A	N	S	A	K
Z	I	L	M	T	S	N	E
A	C	A	I	D	A	L	L
R	D	R	O	T	A	G	I

Réponse avec les lettres restantes : *toad* (crapaud).

Sus à l'intrus !
4/ Groupe 1 : serpent, crocodile, tortue, crabe, dinosaure.

Intrus : crabe (les autres sont tous des reptiles).

Groupe 2 : lézard, gecko, caméléon, iguane, caïman.

Intrus : caïman (les autres sont tous des lézards).

Tout sur le lézard...
5/ 1- Faux (au début, elle continue de remuer) ;
2- Vrai ;
3- Vrai (la majorité des lézards pond des œufs – ovipare –, mais certains sont ovovivipares – leurs œufs éclosent à l'intérieur du corps maternel –) ;
4- Vrai ;
5- Vrai ;
6- Faux (le varan est un gros lézard à langue de serpent).

Surfez, jeunesse ! .... p. 38

Sur la vague des classiques
1/ 1- b ;
2- b ;
3- c ;
4- a.

2/ Pauvre Milos... Il **a du vague à l'âme**. Le public et la presse le boudent : il est complètement dépassé par la nouvelle **vague**. Il est **au creux de la vague**. Mais il est toujours discret... Avec moi, il est resté **dans le vague**. Jamais il ne supporterait de faire **des vagues** !

Parlez-vous surf ?
3/

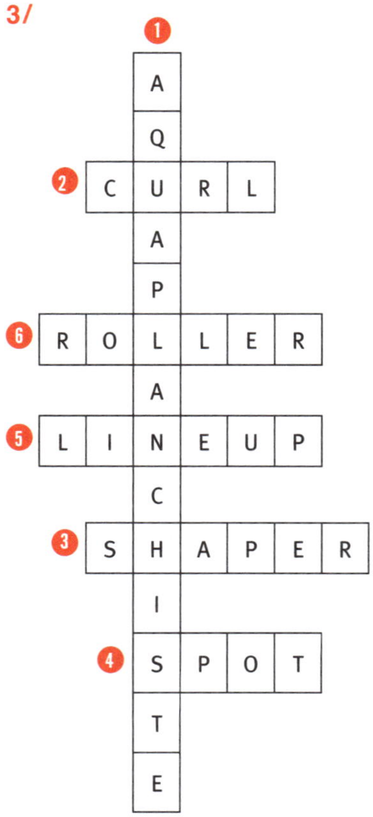

Un vent peut en cacher un autre...
4/ 1- a ;
2- b ;
3- b ;
4- c.

5/

Sports aquatiques
6/ 1- c ;
2- d ;
3- a ;
4- b ;
5- f ;
6- e.

« Ici, la plage... » .... p. 40

Radio classique

1/ Ce sera tout à fait
Comme à la radio
Ce ne sera rien
Rien que de la musique
Ce ne sera rien
Rien que des mots des mots
des mots
Comme à la radio

Ça ne dérangera pas
Ça n'empêchera pas
de jouer aux cartes
Ça n'empêchera pas
de dormir sur l'autoroute
Ça n'empêchera pas
de parler d'argent
N'ayez pas peur
Ce sera tout à fait
Comme à la radio
Ce ne sera rien
Juste pour faire du bruit
Le silence est atroce
Quelque chose est atroce aussi
Entre les deux c'est la radio
Tout juste un peu de bruit
Pour combler le silence
Tout juste un peu de bruit
N'ayez pas peur
Ce sera tout à fait
Comme à la radio

2/ Brigitte Fontaine.

3/ 1- c ;
2- e ;
3- d ;
4- b ;
5- a.

QCM radio

4/ 1- a ;
2- b ;
3- c ;
4- b.

Radio méli-mélo

5/ c ; b ; e ; a ; d.

Radio résistance

6/

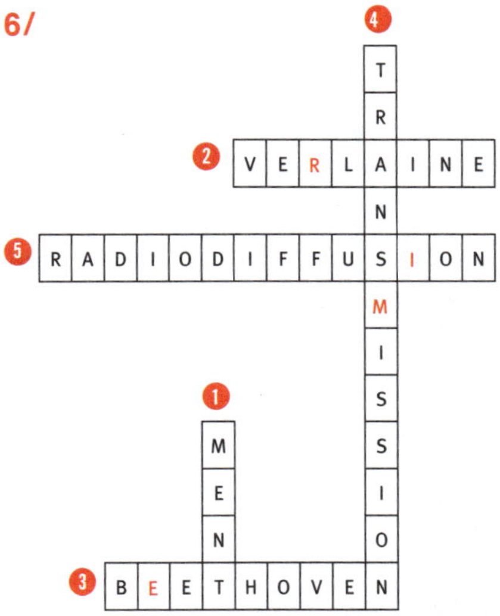

C'est l'heure de la pause ! .... p. 42

Keskidi ?

1/ 1- a ;
2- b ;
3- c ;
4- a.

SOS textos !

2/ 1- a ;
2- b ;
3- b ;
4- a.

My name is Bond...

3/ 1- c ;
2- e ;
3- d ;
4- f ;
5- b ;
6- a.

Bond à l'affiche

4/

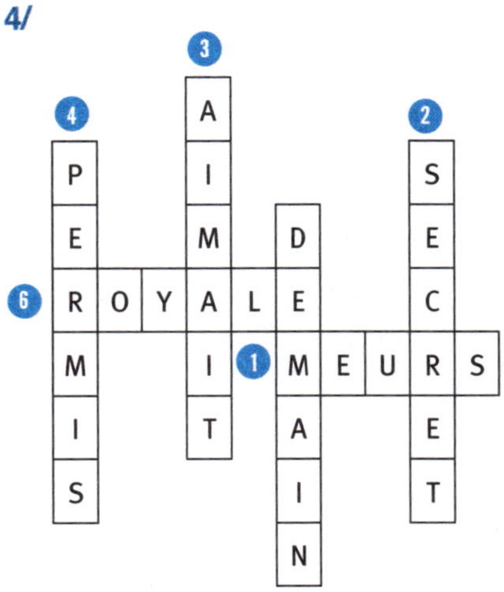

Balades antiques .... p. 44

Style classique

1/ faîte ; arrêtons ; pâle ; tête ; tâche ; même.

QCM tout sur Flaubert

2/ 1- c ;
2- a, b, c ;
3- a, d ;
4- c.

Âge antique

3/ âge du cuivre (vers 3000 av. J.-C.), âge du bronze (vers 2000 av. J.-C.), âge du fer (vers 1200 av. J.-C.).

Vieilles pierres

4/ 1- Bibliothèque de Celsus, Éphèse ;
2- Tholos, Delphes ;
3- Parthénon, Athènes ;
4- Sphinx, Gizeh ;
5- Colisée, Rome ;
6- Khazneh, Pétra.

Cités antiques

5/ 1- c ;
2- f ;
3- d ;
4- b.

Vestiges antiques

6/

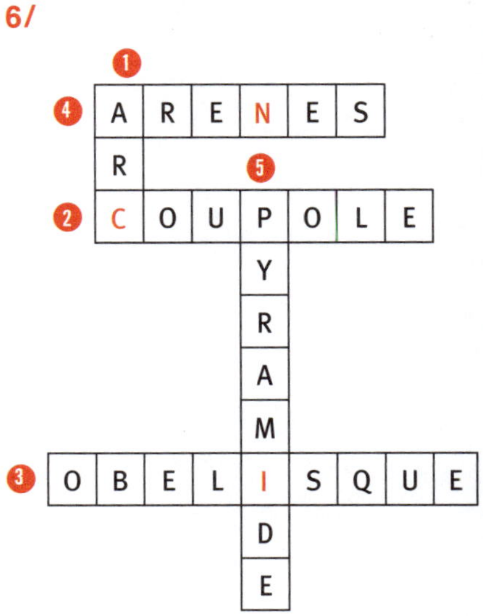

« Bateau, sur l'eau… » .... p. 46

Classiques nautiques

1/ Les mots « rivages » et « sauvages » ont été intervertis.

2/ **1-** Ouessant- d- B ;
2- les flots- a- D ;
3- courses lointaines- c- C ;
4- la mer- b- A.

Énigmes nautiques

3/

Courses mythiques

4/ **1-** c ;
2- d ;
3- b ;
4- a.

On pagaie, on pagaie…

5/ À l'aide d'un produit en croix, on calcule d'abord le temps total que vous avez à disposition pour parcourir les 250 m à raison d'une vitesse moyenne de 400 m/h :
250 x 60 ÷ 400 = 37,5 min.
On calcule alors le temps que vous avez utilisé en parcourant les 120 premiers mètres à la vitesse de 200 m/h :
120 x 60 ÷ 200 = 36 min.
Le temps qu'il vous reste est de 37,5 – 36 = 1,5 min.
Or, il vous reste 130 m… (250 – 120) à parcourir.
Vous avez beau enrager, jamais vous ne pourrez atteindre 400 m/h de moyenne !

QCM flotte ou coule

6/ **1-** d ;
2- c ;
3- a ;
4- b.

« La plus belle pour aller danser… » .... p. 48

QCM bal des classiques

1/ **1-** b ;
2- a ;
3- b.

Le bal à l'affiche

2/

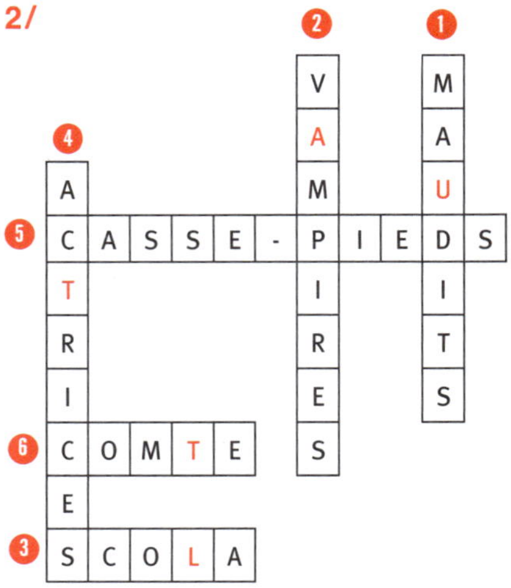

Ciné-danse

3/ **1-** c- B ;
2- e- D ;
3- a- C ;
4- b- A ;
5- f- E ;
6- d- F.

Un pas de danse ?

4/ **1-** valse ;
2- zouk ;
3- tango ;
4- rock ;
5- salsa.

Mathématiques

1 SOS p. 5/ PROBABILITÉS

Pour estimer des probabilités dans une situation d'équiprobabilité (chaque résultat a autant de chances de se réaliser), on nomme *A* un événement. On a alors :
p(A) : nombre de cas favorables à *A* / nombre total de cas possibles.
On suppose l'équiprobabilité chaque fois que l'on se trouve dans une situation type tirage de hasard, lancé de dés...

2 SOS p. 29/ VOLUME D'UN PARALLÉLÉPIPÈDE

Si l'on nomme *V* le volume, *H* la hauteur, *L* la longueur et *l* la largeur, le volume d'un parallélépipède se calcule selon la formule suivante :
$V = H \times L \times l$

3 SOS p. 29/ CORRESPONDANCE DES VOLUMES

1 dL = 100 cm^3,
1 cL = 10 cm^3,
1 mL = 1 cm^3.

Français

4 SOS p. 34/ CONNECTEURS LOGIQUES

Les connecteurs logiques sont des mots qui marquent un lien entre les propositions ou les phrases d'un texte.
Ils peuvent exprimer l'addition, l'opposition, la cause, la conséquence, le but, le temps, la condition, la conclusion, la concession, la comparaison, l'exemple...
Ils comprennent :
- des conjonctions de coordination : mais, où, et, donc, or, ni, car.
- des conjonctions de subordination : de même que, ainsi que, parce que, puisque, pour que, si, au cas où...
- des adverbes et locutions : premièrement, d'abord, ensuite, encore, cependant, pourtant, par exemple, aussi...
- des prépositions : malgré, en effet, grâce à, pour, afin de, en vue de...

5 SOS p. 36/ RIMES

Les rimes sont appelées :
- rimes plates lorsqu'elles se suivent : AABB ;
- rimes croisées lorsqu'elles s'entrecroisent : ABAB ;
- rimes embrassées lorsqu'elles présentent la configuration suivante : ABBA.

Physique-chimie

6 SOS p. 47/ LA POUSSÉE D'ARCHIMÈDE

- Tout corps plongé dans un fluide au repos, entièrement mouillé par celui-ci ou traversant sa surface libre, subit une force verticale, dirigée de bas en haut et opposée au poids du volume de fluide déplacé ; cette force est appelée « poussée d'Archimède ».
- Donc, certains objets flottent, tandis que d'autres coulent. Dans tous les cas, c'est la poussée d'Archimède qui s'exerce, même sur les objets qui coulent. C'est une question de densité : si le poids de l'objet est supérieur au poids du volume d'eau qu'il occupe, il est trop dense, donc plus lourd que l'eau et coule. À l'inverse, si son poids est inférieur, il flotte.
- Un bateau en métal devrait donc couler puisque le métal est plus lourd que l'eau (pour le même volume). Il ne coule pas, car le volume de sa coque est en grande partie occupé par l'air, qui, lui, est plus léger que l'eau !
- On flottera davantage dans l'eau salée que dans l'eau douce. Parce que l'eau salée est plus dense que l'eau douce.
- Plus un liquide est dense, plus la poussée d'Archimède subie par un objet plongé dans ce liquide sera importante.

7 SOS p. 11/ LES GAZ À EFFET DE SERRE

- Les gaz à effet de serre sont des composants gazeux qui absorbent le rayonnement infrarouge émis par la surface terrestre, contribuant à l'effet de serre. L'augmentation de leur concentration dans l'atmosphère terrestre est un facteur du réchauffement climatique.
- Les principaux gaz à effet de serre naturels sont :
  - la vapeur d'eau
  - le dioxyde de carbone
  - le méthane
  - le protoxyde d'azote
  - l'ozone
- Les gaz à effet de serre industriels comprennent :
  - les hydrochlorofluorocarbures
  - les chlorofluorocarbures
  - le tétrafluorométhane
  - l'hexafluorure de soufre
  - ...

• – Le dioxyde de carbone est le principal gaz à effet de serre produit par l'activité humaine (74 % du total). De moins en moins absorbé par les arbres, sa teneur dans l'atmosphère ne cesse d'augmenter.
– Les méthodes de l'agriculture moderne génèrent de plus en plus de protoxyde d'azote, la production de produits technologiques, de l'hexafluorure de soufre.
– Le méthane, au potentiel de réchauffement bien plus élevé que le dioxyde de carbone, est rejeté naturellement par les animaux, mais également de manière beaucoup moins naturelle par les décharges.
– Enfin, l'utilisation des chlorofluorocarbures dans les systèmes de refroidissement conduit à des rejets préoccupants, du fait notamment de leur durée de vie particulièrement longue.

8 SOS p. 31 / LE SEL MARIN

- Le chlorure de sodium est un composé chimique (NaCl) appelé plus communément « sel ». C'est le principal produit dissous dans la mer.
- L'acide chlorhydrique est une solution aqueuse ayant pour solutés des ions oxonium (H_3O^+) et des ions chlorure (Cl^-).

Histoire

9 SOS p. 45 / LES CITÉS ANTIQUES

- **Carthage :** de sa fondation au VIIIe-IXe siècle avant J.-C. à sa chute en 146 avant J.-C., Carthage fut l'une des plus grandes cités antiques. Pont entre l'Orient et l'Occident, entre l'Afrique et l'Europe, capitale d'un empire commercial, elle fut anéantie par Scipion Émilien au terme de la troisième guerre punique.
- **Corinthe :** en raison de sa position stratégique — entre l'Attique et le Péloponnèse et entre la mer Égée et la mer Ionienne —, elle fut l'une des plus importantes cités de la Grèce antique. Elle connaît son apogée aux environs du VIe siècle avant J.-C.
- **Babylone :** ville antique de Mésopotamie située sur l'Euphrate. Elle devient un centre politique important dès le second millénaire avant J.-C. et donne son nom aux terres qui l'entourent (royaume de Babylone). Le royaume connaîtra son apogée avec Nabuchodonosor (605-562 avant J.-C.).

Sciences

10 SOS p. 11 / L'EAU DANS LE CORPS HUMAIN

- L'eau est le principal constituant du corps humain.
- L'organisme adulte est composé de 65 % d'eau, soit 45 L d'eau pour un adulte de 70 kg.
- Cette teneur en eau varie en fonction :
  - de la corpulence : plus une personne est maigre, plus la proportion d'eau de son organisme est importante ;
  - de l'âge : plus les tissus vieillissent, plus ils se déshydratent, l'eau étant remplacée par de la graisse ;
  - des organes : de 1 % dans l'ivoire des dents à 90 % dans le plasma sanguin. Avec le sang, les organes les plus riches en eau sont le cœur et le cerveau.
- Le corps humain ne peut pas stocker l'eau, éliminée en permanence par l'organisme via les excrétions (principalement l'urine), la respiration (au moment de l'expiration), et surtout la transpiration. Ces quantités d'eau perdues varient en fonction de la chaleur et des efforts physiques.
- La quantité d'eau nécessaire à un adulte, en région tempérée et ne fournissant pas d'effort physique particulier, est d'environ 2,5 L par jour, dont environ 1 L est apporté par les aliments et 1,5 L, par les boissons.

11 SOS p. 15 / LES FRUITS DE MER

On appelle communément fruits de mer tout ce qui vient de la mer et qui est comestible, excepté les poissons. On peut les classer en cinq familles :

- les crustacés (invertébrés avec une carapace) : crabes, crevettes, homards ;
- les coquillages (mollusques à coquille) : moules, huîtres, coquilles Saint-Jacques ;
- les mollusques céphalopodes (sans coquille) : poulpes, seiches, calmars ;
- les échinodermes (qui ont la peau hérissée de pointes ou de tubercules) : oursins ;
- les escargots de mer : bulots, bigorneaux.

Achevé d'imprimer en Mars 2025 en Italie par Rotolito S.P.A.
Dépot légal : Mai 2022 - édition 04